KB034489

동물, 뉴스를 씁니다

일상의 스펙트럼 09

동물, 뉴스를 씁니다

고은경

산지니

차례

어릴 때부터 개를 기르고 싶었지만 형편상 기를 수 없었다. 당시만 해도 주변에서 집 마당 한 켠에 작은 개집을 놓고 개를 묶어 기르는 모습을 흔히 볼 수 있었다. 지금 생각하면 동네 개들은 산책도 못 하고, 제대로 된 간식 한번 먹지 못했음에도 자신의 가족을 꼬리치며 반가워했다. 그 모습이 부러웠다.

2003년 봄 드디어 '내 개'가 생겼다. 입사한 후처음으로 '저지른' 일은 서울 충무로 이른바 '애견거리'의 한 매장에서 시츄 '꿀꿀이'를 데려온 것이었다. 가족의 동의도 받지 않았다. 반려동물을 어디서 데려와야 하는지 고민도 없었다. 입양한다는 것이 어떤 의미인지, 삶에 어떤 영향을 미치는지 전혀 생각지도, 알지도 못했다. 말 그대로 돈을 주고 한 생명을 사 온 것이다. 형제도 없었고, 동물을 길러본 적도 없는 내게 돌봐야 할 생명이 생겼고, 그렇게 꿀꿀이는 내 동생이 됐다.

무모하게 시작한 반려견 입양이 내 인생을 바꿀 줄이야. 꿀꿀이를 기르면서 반려동물에 대한 관심이 생겼다. 꿀꿀이와 산책을 나갔다 꿀꿀이를 쫓아 집까지 따라온 시츄 '뚱이'를 임시보호하다 입양 보내는 일도 있었다. 처음에는 동물보호단체가 운영하는 홈페이지를 들락거리고 '굿즈'를 사는 정도였다.

꿀꿀이에 대한 애정이 커지면서 농장동물 등 다른 동물에 관심을 갖게 됐다. 이는 식습관 변화로 이어져 2007년부터 고기를 덜 먹고 채식을 지향하는 삶을 살고 있다. 하지만 이때까지도 동물에 대한 애정과 일은 별개였다.

처음 뉴스에서 동물을 다룬 건 2014년 한국일보 홈페이지에 '고은경의 반려동물 이야기' 칼럼을 쓰기 시작하면서다. 코너 설명을 위해 고심하다 "국가의 위대함과 도덕적 진보는 그 나라에서 동물이 받는 대우로 판단할 수 있다"는 마하트마 간디의 말을 찾아냈다. 그때까지만 해도 지금처럼 잘 알려진 문구는 아니었다. 소개는 '국가의 수준은 동물 대우 수준으로 가늠할 수 있다'로 정했다. 당시 기업 분야를 담당하면서 동물 이슈는 온라인용으로 쓰는 가욋일로 시작했지만 2023년 봄 지금은 동물만을 담당하는 국내 몇 안 되는 기자로 활동하고 있다.

미디어에서 동물은 귀여운 존재나 따뜻한 이야기의 소재로 다뤄져 왔다. 반려동물을 기르는 이들이 늘고 동물복지에 대한 관심이 생기면서 동물의 입장에서 제대로 동물 이슈를 다루려는 시도도 생겨났지만 여전히 사람 중심으로 사람에게 도움이나 피해를 주는 존재로 그려지는 게 현실이다. 사람의 목소리를 전하는 기자들은 많으니 동물을 위해 일하는 기자가 되고 싶었다. 사실 동물은 말을 할 수 없으니 자신의 주장을 펼칠 수도 없고 또 동물복지가 사람의 이익과 안전에 밀리는 것이 현실이다. 그럼에도 적어도 어떤 이슈가 있을 때 동물의 입장에서 한 번 더 바라보고 생각하고, 또 관련 내용을 공부해 독자들에게 제대로 전달하는 게 동물을 담당하는 기자의 역할이라 생각한다.

이 책에는 내가 동물 뉴스 쓰게 된 과정과 계속 쓰는 이유, 동물 뉴스 일을 하면서 느꼈던 보람과 아쉬움을 담았다. 또 장기 고정 코너인 〈가족이 되어주세요〉와 〈애니청원〉을 비롯해 평생 피를 뽑히며 사는 공혈동물, 동물쇼를 일삼는 해외 동물원으로 쫓겨날 뻔한 침팬지 '광복이'와 '관순이', 동물의 찻길사고(로드킬)를 막기 위해 지어졌지만 꽉 막혔던 생태통로, 우리나라 최남단 섬 마라도에서 쫓겨난 고양이 등 처음으로 문제를 제기했던 뉴스의 제작 비하인드를 다뤘다. 이 외에도 다른 미디어에서는 볼 수 없는 나만의 시각으로 보도한 돌고래 '비봉이'의 방류, 안내견, 퇴역 경주마, 동네고양이 등의 이야기도 만나 볼 수 있다.

책을 제안해주시고 또 늦은 마감을 기다리느라 애써주신 이선화 산지니 출판사 편집자님, 영감을 주고 지원을 아끼지 않는 남편 기웅과 '가가 브라더스' 가락이와 가람이, 그리고 지금도 마음

속에 살아 있는 꿀꿀이에게 깊은 감사의 마음을 전한다.

이 책이 사람들이 동물들의 목소리에 귀 기울이는 데 조금이라도 도움이 되면 좋겠다.

2023년 봄, 고은경

동물 뉴스에 뛰어들다

경제지에 입사 후 금융, 유통, 정보통신(IT) 분야를 담당했고 2010년부터 현재 근무 중인 한국일보로 옮겨와 주말면, 국제, 산업, 정책 등을 담당했다. 처음부터 쓰고 싶던 분야가 있었던 건 아니었고, 주어진 분야에 충실하기 위해 노력했다. 일반적으로 언론사는 2, 3년에 한 번씩 부서를 바꾸며 다양한 분야를 경험하게 한다. 선임기자나 전문기자가 되지 않는다면 한 분야를 계속 담당하는 경우는 드물다.

처음부터 동물 이슈를 쓸 생각은 없었다. 2003년부터 반려견 '꿀꿀이'를 키우면서 개에 대한 애정이 깊어졌고 이는 자연스럽게 소, 돼지 등 농장동물에 대한 관심으로 이어졌지만, 딱 거기까지였다. 이를 업무로 연결해 전문적으로 다뤄야겠다는 생각은 하지 못했다.

2014년 산업부에서 유통 분야를 맡고 있을 때 각 부별로 돌아가며 작성하는 주말면 코너에 기업 애기 대신 동물 관련 내용을 쓰기 시작했다. 그러던 차, 회사가 기자 각자의 관심 분야를 다루는 온라인 칼럼 연재를 장려해 2014년 7월 '고은경의 반려동물 이야기' 코너를 시작했다. 이때까지만 해도 가욋일이다 보니 칼럼 게재 주기는 들쭉날쭉했다.

2015년 한국일보가 디지털 분야를 강화하면서 새로 신설된 디지털뉴스부에 배속되었다. 이때부터 새로운 기회가 생겼다. 디지털뉴스부는 온라인에서 동물 관련 콘텐츠가 인기 있을 것으로 판단해 자동차, 여행과 함께 동물을 전문적으로 다루는 버티컬 사이트와 커뮤니티 성격의 페이스북 페이지를 개설하기로 했다. 이때부터 반려동물 이야기는 '고은경의 반려배려'라는 이름으로 바뀌어 지면에 실리기 시작해 2023년 지금도 쓰고 있다.

동물 버티컬 사이트를 준비하면서 디지털뉴스부 소속 선후배와 브랜드를 고민했다. 펫이스북(Pet+Facebook) 등 언어를 활용한 아이디어도 나왔지만 반려가 아닌 애완을 뜻하는 펫(Pet)이라는 단어를 사용하고 싶지 않았다. 브랜드명은 동물 그리고 사람 이야기의 약자 '동그람이'로 정했다. 귀엽고 재미있는 동물 뉴스뿐 아니라 복지 사각지대에 있는 동물들의 목소리에 귀를 기울이며 사람과의 공존을 꿈꾸자는 의도를 담았다.

동그람이 론칭이 3개월간 일본 연수 기간과 맞물리면서 일본에서 칼럼과 기사를 송고했다. 이때는 디지털뉴스부의 후배 기자와 인턴기자 두 명이 동그람이를 꾸려나갔다. 2015년 7월 복귀 후 인턴기자와 본격적으로 동물 뉴스 서비스를 시작했다. 언론사 가운데 브랜드를 내걸고 동물 뉴스를 전문적으로 생산한 건 처음이었다.

3주에 한 번 지면에 콘텐츠를 싣고, 2주에 한 번 동물 관련 칼럼을 게재하며 페이스북, 카카오스토리 등 SNS를 운영했다. 인턴기자들은 젊은 감각의 콘텐츠를 발굴하고, 주요 독자층인

20~30대 여성과의 소통에도 도움이 됐지만 2~6개월마다 바뀌었기 때문에 업무의 연속성을 기대하기는 어려웠다. 동물보호단체에서 농장동물 캠페인을 담당하던 활동가를 한국일보 처음으로 '에디터'라는 직책으로 합류시켰다. 여기에 동물 영상을 전담하는 PD까지 가세해 동그람이팀을 구성했다.

동그람이 페이스북은 자세히 보지 않으면 운영 주체가 언론사라는 사실을 알 수 없도록 했다. 일종의 커뮤니티 성격으로 운영해서다. SNS 실무는 에디터가 맡았지만 게재 내용과 문구 등은 상의해서 결정했다. 일반 동물 기사뿐 아니라 동물에 관한 상식을 다루는 〈애니팩트〉, 자신의 반려동물을 자랑하는 〈애니스토리〉 등의 고정 코너를 만들어 독자들과 소통했고, 반려인에게 도움이 될 내용을 다룬 기사라면 다른 언론사의 기사나 블로그의 글도 올렸다.

동물 관련 영상의 인기가 높았는데 자체 제작 여건이 되지 않아 국내외 동물 사이트의 귀엽고 감동적인 영상들을 찾아 공유했다. 동물 관련 의학 정보나 동물보호단체 활동가들의 경험 등 취재만으론 한계가 있는 전문적인 내용은 전문가들의 기고를 통해 보완할 수 있었다. 서비스를 시작한 지 2년 4개월 만에 페이스북 친구가 14만 5,000명을 넘어서는 등 인기를 끌었다. 당시만 해도 파격적인 시도였다.

동그람이의 특징은 SNS 채널을 통해 독자들과 소통의 공간을 확보했다는 점이다. 페이스북 메신저와 댓글을 통해 실시간으로 독자와 이야기하고, 클릭률과 도달률을 통해 어떤 콘텐츠가 인기인지 알 수 있었다. 하지만 동그람이의 또 다른 차별화는 독자에게 인기가 있을 만한 콘텐츠뿐만 아니라 법과 권리의 사각지대에 놓인 동물들에 대한 이야기를 지속적으로 전달해 온 것이라 생각한다.

2016년 포털 사이트 네이버에서 '판' 서비스 시작을 하면서 동그람이는 네이버와 합작회사로, '동물공감'이라는 이름의 판 서비스를 시작했다. 한국일보에서 홈페이지 운영과 관리를 맡았던 웹뉴스팀장이 대표로 취임했고, 기존 멤버들과 함께 동물과 환경에 관심이 많은 3년 차 기자가 합류했다.

6개월 동안 동물공감 콘텐츠 안정화에 노력했지만 콘텐츠 제작보다 유통의 역할이 더 중요한 방식이 맞지 않았기에 〈한국일보〉 본지로 복귀해 환경 분야를 맡았다. 그러면서도 동물 뉴스에서 손을 놓진 않았다. 환경부 산하 야생동물 문제를 본격적으로 다룰 수 있었고 동물 지면, 〈반려배려〉, 〈가족이 되어주세요〉 코너는 계속 담당했다. 2019년 1년 동안 일본 게이오대에서 연수를 하며 일본어 공부를 했는데 이 기간에도 〈반려배려〉와 〈가족이 되어주세요〉 코너는 유지했다. 복귀 후에는 온라인 콘텐츠 부서에 소속돼 8개월가량 일했다.

2020년 11월 회사는 다양한 실험을 하며 새로운 콘텐츠로 차별화하자는 취지로 1인랩을 신설했고 '동물 콘텐츠를 전문적으로 다시 다뤄볼 생각이 없냐'는 제안을 받았다. 그렇게 애니로그랩을 만들어 2년 가까이 운영했다. 애니로그랩은 동그람이와 달리 혼자 운영했기 때문에 다양한 채널을 운영하기는 어려웠다. 다만 독자와의 소통을 강화한 콘텐츠를 신설하고, 되도록 영상을 제작해 함께 제공하는 것에 중점을 뒀다.

기존 뉴스를 정리하고, 취재 뒷얘기, 동물 이슈 관련 의견을 담은 애니로그 뉴스레터는 매주 수요일 오전 9시에 발송하고 있다. 〈유기동물 구조기〉와 〈가족이 되어주세요〉 코너뿐 아니라 일반 기사에도 직접 현장에 가서 촬영한 영상이나 제공받은 영상을 활용해 영상을 제작, 애니로그 유튜브 채널과 네이버 TV채널에 올리고 있다. 이후 2022년 12월 종합지 가운데 처음으로 동물복지전문기자가 됐다.

처음 동그람이를 맡았을 때 동물만 다루는 분야에 만족할 수 있냐는 질문을 안팎에서 받았다. 아무래도 회사 내 주요 보직을 맡을 기회라도 얻으려면 다양한 분야를 담당해야 하는데 동물을 맡게 되면 가능성이 낮아지기 때문이었을 것이다. 처음에는 회사의 필요와 나의 관심사가 맞아떨어져 시작했지만 결국 동물 뉴스를 계속 쓰게 된 데에는 내 의지가 컸다.

동물 뉴스를 쓰다 보면 사람 살기도 바쁜데 동물 이야기를 하냐는 의견을 종종 듣는다. 사람을 위한 지면도 없는데 동물을 위한 공간까지 만들어야 하냐는 얘기도 들었다.

사람이 중요하다고 해서 동물복지 문제를 미뤄도 되는 걸까. 개 식용, 밀집사육, 동물실험, 전시동물 등 동물복지 문제는 결국 우리 삶과도 직결되어 있다. 빈곤층, 제3세계 아동 등 사람 문제부터 단계별로 개선해야 한다면 학대받고 고통당하는 동물들의 복지는 언제까지나 뒷전으로 밀려날 수밖에 없을 것이다. 사람을 위해 목소리를 내는 언론인은 많은 반면 동물복지 문제를 다루는, 동물의 입장에서 바라보는 기자와 미디어는 많지 않다. 편파적이라고 해도 괜찮다. 가능한 한 동물 편에 서서 동물을 위한 일에 도움이 되고 싶다.

유기동물의 '가족이 되어주세요'

한 해 길을 잃거나 버려지는 동물은 10만 마리가 넘는다. 이 가운데 약 40%는 보호소에서 사망한다. 입양은 10마리 중 3마리, 가족을 찾은 경우는 1마리에 불과하다. 사람들은 이제 펫숍에서 동물을 사는 것에 부담을 느끼지만 유기동물을 어디서 입양해야 하는지는 모르는 경우가 많다.

〈가족이 되어주세요〉는 유기동물의 정보를 소개해 입양을 돕고자 기획한 코너다. 2016년 동그람이팀을 만들 때 처음 기획해 7년 넘게 유지하고 있다. 2023년 2월 기준 소개한 동물만 374마리다. 지금은 유기동물의 입양 홍보 글에 '가족이 되어주세요'라는 문구를 쉽게 찾아볼 수 있지만 당시에 직접 기획한 코너 이름으로 원조라고 생각한다.

처음에는 온라인이라 해도 유기동물 정보를 기사로 쓰는 게 적절한가 생각하기도 했다. 그동안 동물 이슈를 전통 미디어에서 전문적으로 다룬 경우가 많지 않았기 때문이다.

하지만 유기동물 입양에 실질적인 도움을 줄 수 있다는 점, 또 실제 입양으로 이어지지 않는다고 해도 사람들에게 동물단체에서 입양을 기다리는 많은 동물이 있다는 점을 알릴 수 있다는 생각에 시작하게 됐다. 기사에 소개됐던 친구라면 입양하려는 사람에게도 좋은 이야깃거리, 추억거리가 될 수 있겠다는 생각도 들었다.

첫 화는 2015년 3월 19일 도살장 안 컨테이너에서 살던 '바오'였다. 길에 떠도는 개들을 불쌍히 여겨 길러온 사람이 경제적 사정이 어려워지자 방치한 개들을 동물보호단체 동물자유연대가 구조했다. 처음 구조한 사람이 도살장 안 컨테이너에서 개를 길렀던 이유는 단지 그곳이 저렴해서였다. 개들은 그곳에서 오물에 뒹굴고, 다른 개들의 죽음을 온몸으로 느껴야 했다. 기사 제목은 '도살장에서 살던 강아지, 새 가족을 찾습니다'. 바오의 기사가 나간 후 온라인에서의 반응은 기대보다 컸다. 이 코너에 소개된 많은 동물이 입양을 갔지만 안타깝게도 바오는 아직 보호소에 남아 있음을 최근 확인했다. 10년 가까이 보호소에서만 살아온 바오는 이제 열네 살이 됐다. 믹스견에 나이가 많은 개들이 입양 갈 확률은 높지 않다. 사람에게 마음의 문을 연 바오에게 기적 같은 일이 일어나기를 바란다.

코너에 소개하는 동물은 초기에는 동물자유연대(동자연), 카라 두 곳으로부터 자료를 받았다. 해당 내용을 모두 직접 확인할 수 없는 상황에서 믿을 만한 단체로부터 소개를 받는 게 필요했다. 또 입양절차도 체계적으로 갖춰진 곳이어서 입양 과정까지 따로 신경을 쓰지 않아도 됐다. 기사 하단에는 동물단체로 연결되는 링크를 넣었다. 입양에 관심 있는 사람이 직접 사이트에 들어가 내용을 확인, 입양신청을 할 수 있도록 하고, 입양을 기다리는 또 다른 친구들도 볼 수 있는 효과를 기대했다.

코너가 인기를 끌자 사료업체로부터 제안이 들어왔다. 입양을 간 친구들에게 1년 치 사료를 무료로 제공하는 대신 코너 밑에 사료업체의 기부 내용을 담아 달라는 제안이었다. 사료업체는 기부하면서 홍보효과를 누릴 수 있고, 입양자는 사료비 부담을 줄일 수 있었다. 물론 입양자가 사료비 때문에 입양을 하는 건 아니지만 조금이라도 도움이 되면 좋을 것 같았다.

이후 서울 용산구에서 유기동물을 구조하고 입양을 보내는 유기동물 행복 찾는 사람들(유행사), 비글과 실험동물 전문 구조단체 비글구조네트워크(비구협), 지방자치단체 보호소에서 유기동물을 구조해 입양을 보내는 팅커벨프로젝트와 동물과 함께 행복한 세상(동행) 등 소개하는 단체를 확대시켰다. 또 SNS에서 이슈가 되거나 단체와 연계해 개인 구조를 하는 사람들도 비정기적으로 소개하기 시작했다.

소개하는 동물단체가 다양해진 것의 장점은 또 있다. 동자연, 카라는 주로 학대받은 동물이나 개농장, 도살장, 애니멀호더 등으로부터 동물을 구조한다. 반면 유행사, 팅커벨프로젝트, 동행은 지방자치단체가 운영하는 보호소에서 동물을 구조해 입양을 보내는 역할을 한다. 비글구조네트워크는 실험동물 전문 구조 기관으로 실험동물뿐 아니라 비글, 그리고 지자체 보호소에서 구조한 동물들을 돕는다.

동물단체에서 입양을 고려하면 해당 동물이 어떤 성격인지 어느 정도 알 수 있다는 점이 장점이다. 성향, 생활 방식에 맞는 반려동물을 추천받을 수도 있고, 또 반려동물을 입양한 후 어려움이 생기면 도움을 요청할 수도 있다.

이 코너에서 소개하는 동물 대상도 개, 고양이뿐 아니라 기니피그, 토끼 등으로 확대했다. 이른바 소동물이라고 불리는 동물은 개, 고양이보다 쉽게 기를 수 있을 거라 착각한다. 하지만 덩치가 작다고 기르기 수월한 것은 아니다. 그래서 소동물은 쉽게 팔리고 쉽게 버림받는다. 소개하는 동물을 확대하면서 생명의 무게는 같고, 소동물을 키우기 위해서도 많은 준비가 필요하다는 걸 얘기하고 싶었다.

이 코너를 통해 꾸준히 독자로부터 연락을 받

는다. 입양문의 링크를 걸어뒀지만 나이가 있거나 해외에 있는 분들은 주로 이메일로 입양하고 싶다는 연락을 한다. 그럴 때면 문의를 보낸 이에게 소개 링크를 보내거나 동물단체에 연락해 연락처를 전달하기도 한다.

지금은 유기동물 입양 후 이야기를 전하는 〈유기동물 가족을 소개합니다〉라는 코너가 있지만 그전까지는 〈가족이 되어주세요〉 코너를 통해 입양 간 친구들의 사연도 전했다. "'이젠 저도 엄빠 있어요' 새 가족 만난 견공들의 설 맞이', '함께해서 즐거워요~ 새 가족과 첫 추석 맞은 동물들' 등 설이나 추석 명절에 처음으로 가족과 보낸 동물의 이야기를 모아 전달하면 뿌듯하기도 하고 뭉클하기도 했다. 분명 같은 개와 고양이인데 보호소에 있던 모습과 가정에서 사랑받으며 지내는 모습은 달랐다.

작고 예쁜 품종견, 품종묘를 소개할 때 반응이 더 좋은 게 사실이다. 2021년 소개했던 '150만 원으로 불리며 번식장에서 출산을 반복한 비숑, 몰티푸'의 경우 포털 사이트에서만 댓글이 700개가 넘게 달렸고 조회수도 많았다. 하지만 독자들은 안타까운 사연에도 공감하고 반응했다. '맞으면서도 주인을 떠날 수 없었던 백구'는 끔찍한 폭력에 시달렸지만 도망치지조차 못했다. 백구가 학대로 인해 사람을 두려워하지는 않을까 걱정했지만 다행히 사람을 너무나 좋아하는 성격이었다. 독자들은 '너무 예쁘다', '행복하길 바란다'는 댓글로 '엘리나'라는 새로운 이름이 생긴 백구를 응원했다.

2020년 11월부터 '애니로그랩'을 운영하면서 코너 형태를 조금 더 변화시켰다. 초기와 달리 유튜브 등 영상에 익숙한 독자가 많았고, 또 코너 특성상 영상으로 보여주면 더욱 생생하게 내용을 전달할 수 있을 것 같았다. 화려하게 편집하지는 못하지만 영상도 함께 전달하기 위해 노력했다.

소개된 친구들의 사연은 모두 절박했다. 하지만 이들은 그나마 동물단체 또는 개인 봉사자들에 의해 구조가 됐고, 또 다른 삶을 살 기회를 얻었다. 그렇다고 구조가 끝은 아니다. 결국 입양 가족을 만나야 하는데 그 과정이 쉽지 않다.

열악한 환경에서 구조되지 못한 동물들도 많다. 현재는 개에게 물, 사료를 주지 않아도 죽거

보호자에게 맞으면서도 사람을 따르는 '엘리나'. (동물자유연대 제공)

나 질병, 상해 등 신체적 피해가 발생하지 않으면 처벌하기 어렵다. 더욱이 최소한의 사육공간 제공 등 지켜야 할 사육, 관리 의무는 반려 목적으로 기르는 개, 고양이 등에게만 적용되고 있다. 마당개나 경비견 등으로 키우고 있다고 하면 적용되지 않을 수도 있다. 동일한 기준이 생리적, 행동학적 요구가 다른 6종의 동물(개, 고양이, 토끼, 페럿, 기니피그, 햄스터)에 공통적으로 적용되는 점도 문제다. 동물을 기르는 이에게 준수해야 할 최소한의 보호·관리 의무를 법제화하는 것은 동물복지의 기본이다.

지난 6년간 동물 분야를 담당하지 않을 때도 있었다. 하지만 〈가족이 되어주세요〉만큼은 출고 기간을 늘리는 경우는 있어도 멈춘 적은 없다. 코너 정기 독자들도 있었지만 동물단체들도 입양에 조금이라도 더 도움이 되고자 해당 코너를 유지하기를 바라는 상황이었기 때문에 쉽게 그만둘 수 없었다.

앞으로 언제까지 이 코너를 유지할 수 있을지 모르겠다. 하지만 가능한 한 계속 유지하고 싶다. 지금은 너무나 많은 동물이 가족을 기다리고 있지만 언젠가는 보호소에 남은 동물이 없어 소개할 동물을 찾기 어려워지는 날이 오면 좋겠다.

코로나블루와 반려동물의 위로

　코로나19가 전 세계를 강타한 지 3년이 지난 2023년 봄, 공공장소에서 마스크를 벗고 다니는 등 일상으로의 회복에 성큼 가까워졌다. 그럼에도 코로나19 전후로 구분할 수 있을 정도로 우리에게 많은 변화가 생겼다.

　코로나19가 가져온 것 중 하나는 사회적 거리두기, 해외의 경우 도시봉쇄 등으로 인한 사회적 고립의 심화였다. 코로나와 우울감을 뜻하는 영어 블루(blue)가 합쳐진 '코로나블루'라는 신조어까지 생겼다. 일본에서는 15~64세 인구 중 은둔형 외톨이(히키코모리)가 146만 명으로 추산됐는데 이 중 약 20%가 코로나19를 원인으로 지목했다는 보도가 나오기도 했다.

코로나19가 장기화하면서 세계 곳곳에서 반려동물을 입양한 사람들이 늘었다. 재택근무로 전환하고 사람들과의 모임이 줄면서 집에 있는 시간이 늘었고, 이는 반려동물 입양뿐 아니라 기르던 반려동물과 보내는 시간도 길어지게 했다.

국내의 경우 2021년 12월 기준 해외에서 들여오는 개와 고양이 수입이 코로나19 이전인 2019년보다 2배 늘었고, 보호소에서 입양되는 동물도 증가했다고 한다. 미국의 경우 코로나19로 미국 전체 가구의 5분의 1 수준인 2,300만여 가구가 반려동물을 새로 입양했는데 2년도 되지 않아 파양과 유기가 늘고 있다는 우려가 제기됐다. 또 재택근무가 해제되면서 기르던 반려동물의 분리불안을 우려하는 이들이 늘기도 했다.

코로나19 초기였던 2020년 초 홍콩에서 반려견이 코로나19 양성판정을 받았다는 뉴스에 이어 한 달 뒤 그 개가 사망했다는 소식이 들려왔다. 이는 반려동물을 키우는 사람의 마음을 불안하게 하기에 충분했다.

하지만 코로나19에 걸렸다 해도 반려동물에게는 증상이 심하지 않았고, 사람과 동물 간 전파가능성이 제로에 가깝다는 게 확인되면서 반려동물을 버리거나 멀리하는 현상은 나타나지 않았다. 오히려 무더기 환자가 나왔던 대구 지역의 경우 가족들이 센터에 격리될 때 남겨진 반려동물에 대한 우려가 있었고, 동물단체들이 보호를 지원하는 캠페인을 벌이기도 했다.

코로나19와 동물 관련 외신 뉴스를 찾아보던 중 2021년 여름 우연히 영국 일간 〈가디언〉에서 실시하던 한 설문조사가 눈에 띄었다. 코로나19 속 반려동물이 자신에게 어떤 의미인지, 위로가 되고 있는지를 묻는 내용이었다. 이에 착안해 국내에서도 비슷한 설문조사를 하면 좋겠다는 생각을 했고 실행에 옮겼다.

설문조사 제목은 '코로나19와 반려동물에 대한 인식 조사'. 〈가디언〉이 주관식 질문이었던 것과 달리 대답하기 쉽도록 예, 아니오 또는 10점 만점에 점수를 주도록 했다. 다만 어떤 점에서 코로나블루를 극복하는 데 도움이 되었는지와 정서적으로 도움을 받았다고 느꼈는지는 주관식으로 받을 수밖에 없었다. 또 사연이 기사화되길 원하거나 취재에 응할 의향이 있다면 연락처를 남기도록 했다.

언론사 단독으로 설문을 하면 참여에 한계가 있을 것으로 판단해 동물자유연대의 SNS 도움을 받기로 했다. 아무래도 반려동물을 기르는 사람 가운데 동물복지나 동물 뉴스에 관심이 있다면 동물보호단체 SNS를 확인할 가능성이 높았고, 설문에도 관심 있는 이들이 많을 것 같았다. 반려동물이 우리에게 주는 위로, 또 그렇다고 반려동물을 쉽게 입양해서는 안 된다는 내용을 담은 기사 취지에 동자연은 공감하고 동참해주었다.

설문에 답하고 취재에 응하겠다고 한 응답자 가운데 20명을 선정해 추가 인터뷰를 진행했다. 텍스트 기사로만 보내기 아쉬워 좀 더 시각화해보려는 시도를 했다. 인터뷰에 응해준 시민들께 추억도 남겨드리고 싶었다. 20명의 사례는 반려동물 이미지를 클릭하면 간단한 사연을 볼 수 있도록 꾸몄고, 짧은 100개의 사연은 배경에서 볼 수 있도록 했다. 한 주제를 놓고 20명의 시민들과 인터뷰를 한 건 새로운 경험이었다.

설문에 응답한 323명 가운데 91.6%(296명)가 "반려동물과 함께하는 게 코로나19 극복에 도움이 된다"고 답했다. 또 도움이 되는 정도에 대해 응답한 320명은 10점 만점 중 9점을 줬다.

이는 우리나라만의 경우는 아니었다. 미 일간 〈뉴욕타임스〉에 따르면 반려동물 서비스 사이트 로버닷컴이 반려인 1,000명을 대상으로 조사한 결과 93%가 '팬데믹 반려동물'이 정신적, 신체적 복지를 향상시켰고, 80% 이상은 재택근무를 더욱 즐겁게 해줬다고 답했다.

그렇다면 우리나라 반려인들은 어떤 측면에서 도움이 된다고 답했을까. 재택근무나 수업이 늘면서 생활패턴이 어그러질 수 있었는데 반려동물의 존재로 인해 규칙적인 생활이 가능했다는 의견이 많았다. 우울감과 무기력감이 생길 때쯤 반려동물의 밥을 챙기고, 또 반려견의 경우 유일한 외부활동인 산책을 하면서 규칙적인 생활패턴을 지킬 수 있었다는 답변이었다.

심리적으로 위로를 받았다는 이들도 많았다. 응답자 10명 중 8명은 코로나19 이후 반려동물과 함께하는 시간이 늘었고, 코로나19 이전보다 반려동물과의 친밀감이 커졌다고 답했다. 힘들 때 꼬리를 흔들고 애교를 부리는 모습에 가족들이 모이게 되고 한 번이라도 더 대화를 하게 하고 웃게 한다는 것이었다. 1인 가구의 경우도 마찬가지였다. 존재 자체만으로도 위로가 됐다는 의견도 많았다.

반려인들은 코로나19 와중에 반려동물을 기르며 어떤 점을 우려하고 있었을까. 응답자 319명 중 41.4%(132명)가 '반려동물이 코로나19에 걸릴지 걱정된다'고 답했다. '재택근무가 끝나 반려동물이 혼자 있는 시간이 늘어 걱정된다'는 답변이 34.2%(109명)로 뒤를 이었다. 기타 21.3%(68명) 가운데는 '반려인이 코로나19에 걸렸을 때 돌봐줄 사람이 없다', '코로나19 이후 유기동물이 늘어날지 걱정된다' 등의 의견도 있었다.

해외에서는 재택근무가 끝난 후 반려인과 함께 있는 생활에 익숙해진 반려견이 분리불안 증세를 겪을 수 있어 이에 대한 대비가 필요하다는 지적이 나온 바 있어 이를 소개했다. 미국 반려견 등록단체 아메리칸 켄넬클럽(AKC)은 재택근무 동안 반려견이 자기만의 공간에서 독립적으로 시간을 보낼 수 있도록 해야 한다고 조언했다. 조금씩 떨어져 있는 연습을 하고 반려견에게 불안한 마음을 드러내는 대신 평소처럼 행동해야 한다고 했다.

사실 기사와 설문을 기획할 때 동자연이 우려한 부분도 있었다. 긍정적인 측면이 너무 부각되면서 쉽게 입양을 결정하는 데 영향을 미칠 수도 있다는 얘기였다. 이 때문에 기사에서는 반려동물이 우리 정서에 긍정적인 영향을 주는 존재임은 분명하지만 준비되지 않은 상황에서 우울감이나 외로움 해소 등을 위해 즉흥적인 입양을 해서는 안 된다는 점을 담았다. 코로나19가 끝나도 반려동물은 10년 이상 함께 살아가야 한다는 점을 감안해 입양 전 충분한 고려와 고민이 뒤따라야 한다는 점도 강조했다.

재택근무가 끝나고, 다시 일상 속으로 돌아간 이후에도 코로나19 기간을 반려동물과 함께한 추억은 반려인들에게 잊을 수 없는 경험이 됐을 것 같다. 반려동물을 더 이해하고, 반려동물과 더 친밀해진 계기, 반려동물의 소중함과 고마움을 느낀 계기가 된 것은 분명해 보인다.

20명의 가족 가운데 세 가족을 대표 사례로

소개한다.

김수정 씨 가족 심바(당시 1세·남아)

"심바를 데려오는 데 아버지가 반대했지만 지금은 제일 아끼세요. 코로나19로 수입이 줄어드는 어려움은 있지만 심바 덕분에 가족들이 한자리에 모이고 함께 이야기하며 웃게 됩니다. 가족끼리 의견이 맞지 않는 경우도 있는데 심바 애교 부리는 모습에 마음이 금세 누그러져요. 또 심바와 산책을 하게 되면서 외출을 하고 운동도 하게 됩니다."

김찬미 씨 가족 콩이(6세·여아)

"콩이 덕분에 잠깐이라도 동네 한 바퀴 산책할 수 있었어요. 코로나19 이후 일이 줄어 우울하다가도 콩이의 애교 부리는 모습에 금세 기분이 풀려요. 스트레스를 많이 받는 편인데 콩이랑 같이 있으면 마음이 따뜻해집니다. 스스로 생각할 때 게으른 편인데 콩이 밥도 챙겨주고 물도 갈아주면서 부지런한 생활을 하게 됐어요."

김세현 씨 가족 뚱이(5세·남아)

"유일한 외부활동인 반려견 산책을 하며 우울감과 무력감을 극복할 수 있었습니다. 뚱이 덕분에 작은 것에도 감사할 줄 알게 됐고, 일상에서 느끼는 소소한 행복을 전보다 많이 느끼고 있습니다. 울적할 때도 뚱이가 먼저 알아채곤 하는데요, 뚱이를 안고 있으면 마음이 차분해져요. 제가 살아갈 원동력이 됐습니다."

20명의 이야기는 아래 사이트에서 보실 수 있습니다.

〈한국일보〉
반려동물, 코로나시대의 위로가 되고 있나요?

독자와 함께하는 '애니청원'

2020년 사내에 '1인랩'이라는 조직이 신설됐다. 신설된 조직인 1인랩의 목표는 출입처를 기반으로 일반적인 기사를 쓰는 게 아니라 독자와 소통에 초점을 맞춰 새로운 접근을 해보자는 것이었다. 보통 부서, 적어도 팀으로 운영되는 조직에서 1인랩이라는 조직 자체는 생소했다. 그만큼 혼자 이것저것 해볼 수 있는 기회이기도 했지만 다른 팀 협업이나 도움 없이 '혼자 북 치고 장구 치고' 해보라는 뜻으로 느껴졌다.

일반 기사 형식이 아니면서도 독자와의 소통, 독자의 참여가 어떤 게 있을지 고민했다. 다른 1

인랩은 규모 있게 토크콘서트를 하거나 크라우드 펀딩을 통해 제작한 콘텐츠와 굿즈를 제공하기도 했지만 막상 하려니 자신이 없었다. 새로운 시도를 한다고 시의성 있는 동물 뉴스를 다루지 않을 수 없었고 기존에 하던 고정 코너도 있는 상황에서 새로운 일을 벌이고 싶지 않았던 게 컸다. 대신 기존 뉴스 형식을 취하면서 독자와의 소통이 가능하고, 한 번에 끝나는 일이 아니라 꾸준히 지속할 수 있는 코너를 만들고 싶었다. 해당 취지로 지인들과 상담을 하던 중 박정윤 수의사가 동물을 화자로 청원을 해보면 어떻겠냐는 제안을 하면서 코너는 급속도로 진행됐다.

〈애니청원〉은 2020년 문재인 정부 시절 시작된 국민청원에서 힌트를 얻었다. 국민청원은 '국민이 물으면 정부가 답한다'는 취지로 개설된 청원 게시판으로 문재인 정부 취임 100일째인 2017년 8월 19일 개설됐다. 청원인이 게시글을 올리면 100명의 사전 동의를 거쳐 정식 공개되고, 30일 안에 20만 명 이상의 동의를 받으면 청와대나 정부 부처가 답변하는 식으로 운영됐다. 2022년 5월 기준 청원 게시판 방문자 수는 5억 1,600만

명, 청원에 동의한 총인원은 2억 3,000만 명이라고 한다.

민주주의에 필수적인 숙의과정을 오히려 방해하고 대통령 만능주의, 엄벌주의를 부추겼다는 지적도 있다지만 어려운 사람들이 억울함을 알릴 수 있는 통로가 됐다는 긍정적 평가가 많았던 것도 사실이다. 국민청원 게시판에 올라왔던 것만으로도 이슈가 됐고, 동의를 받으면 그만큼 더 주목을 받았다.

동물 이슈도 국민청원에 많이 등장했다. 2022년 4월 마지막 국민청원에 직접 답한 문재인 전 대통령은 "동물보호 청원에 대한 답변이 이번으로 벌써 열다섯 번째"라며 "사회적 관심이 그만큼 높고 법·제도적 개선이 이뤄지고 있음에도 동물학대 사건이 끊임없이 이어지고 있어 매우 안타깝게 생각한다"고 밝힌 바 있다. 마지막 7개 청원 가운데 동물학대범 강력 처벌 청원이 2개가 포함됐다. 포항의 폐양식장에서 발생한 고양이 학대살해범 사건과 공무원 시험을 준비하는 편의점 아르바이트생이 편의점 주변 길고양이 수십 마리를 잔혹하게 죽인 사건을 강력 처벌해달라는 청원이었다.

국민청원까지 올라가진 못했지만 게시판에 동물 이슈는 너무나 많았다. 국민청원은 사람이 청원을 내는 것이었지만 실제 청원이 아니면 동물이 직접 자신의 목소리를 내는 것도 가능할 것 같았다. 화자를 동물로 내세우면서 어렵거나 딱딱할 수 있는 내용도 동물이 쉽게 설명하는 방식으로 접근할 수 있었다. 청원 참여방식은 독자들이 포털 사이트에서 기사를 많이 읽는다는 점을 고려해 포털 사이트에서 '좋아요'를 누르거나 〈한국일보〉 홈페이지에서 '하트'를 누르는 방식을 채택했고 현실적인 참여도를 고려해 기준은 500명으로 정했다.

사내에서는 이 코너가 잘 안 될 것 같다는 우려도 있었다. 사람들이 생각보다 참여하지 않을 거라는 걱정이었다. 하지만 우려와 달리 첫 화부터 대박을 터트렸다.

〈애니청원〉 첫 화는 2020년 12월 거리에 내동댕이쳐진 방어와 참돔의 호소였다. 일본에서 방어와 참돔 등 활어가 수입되면서 양식 업체 관계자들이 정부에 항의하기 위해 수입된 어류를 도로에 던져 죽이는 시위를 했다. 국내 어류는 식용으로 비닐에 담아 넣어줬다. 동물단체는 집회에 이용된 어류가 동물보호법의 보호를 받아야 한다고 주장했는데, 공개된 장소에서나 동종의 다른 동물이 보는 앞에서 죽음에 이르게 하는 행위를 금지하는 동물보호법을 위반했다는 것을 근거로 들었다.

당시 '물고기 산 채로 던져 죽인 사람들, 동물학대로 처벌해주세요'라는 제목의 청원기사는 엄청난 이슈가 되어 포털 사이트 조회수만 120만 건, 댓글은 2,700여 개에 달하는 등 해당 사건을 이슈화하는 데 기여했다. 동물단체는 양식 업체 관계자들을 동물학대로 고발했고, 경찰이 어류 동물학대 혐의를 처음으로 인정하여 검찰에 송치하면서 더욱 관심을 받았다. 하지만 검찰은 방어, 참돔은 식용이라면서 불기소 처분을 내렸다.

〈애니청원〉 초기에는 청원 사이트 이미지를 이용해 이미지를 제작, 실제 청와대 국민청원 느낌을 살렸다. 하지만 독자들이 실제 청원인 줄 오해하는 경우가 많아져 이미지 사용은 중단했다. 대신 청원을 가장 잘 설명할 수 있는 사건의 동물을 화자로 내세우는 만큼 화자의 이미지를 확보하는 데 주력했다.

독자들은 〈애니청원〉에 공감해 SNS에 공유하기 시작했고, 참여도도 높아졌다. 포털 사이트 하단에는 이모티콘이 좋아요뿐 아니라 훈훈해요, 슬퍼요, 화나요, 후속기사원해요 등이 있었는데 처음에는 좋아요 수만 계산했다. 하지만 분노하는 사건에 좋아요를 누를 수 없다는 의견도 있어 나중에는 참여한 수를 전부 더했다.

애니청원은 2023년 2월 기준 46회까지 연재됐는데 지속적인 코너로 자리 잡을 수 있었던 데는 독자들의 참여가 있었기에 가능했다. 또 기존 기사는 문제 제기만 하고 끝나는 경우도 많았는데 독자의 참여에 따라 정부, 동물단체, 변호사 등 전문가들의 의견을 담은 답변을 전달하는 것에도 의의가 있다. 답변을 할 때는 독자의 댓글을 보고 궁금해하는 점 등을 담기 위해 노력하고 있다.

"강아지 둔기로 때리고 버린 동물학대자, 강력히 처벌해주세요", "홀로 남은 벨루가(흰고래) 하루빨리 바다로 보내주세요"와 같이 개별 사건에 초점을 둔 내용도 있었지만 동물학대, 수족관 돌고래 문제 등 거시적인 문제까지 다룬 청원도 있었다. "치약 개발에 햄스터가 쓰이는 거 아세

요? 대체시험법 급합니다", "A4용지보다 좁은 공
간… 산란계 사육환경 개선해주세요" 등 종합적
으로 다루는 경우는 이를 상징적으로 드러내는
사건이 있다면 사건의 동물을 화자로 내세웠다.

물론 모든 청원이 다 인기 있었던 것은 아니
다. 청원 가운데 반려동물 이슈는 참여도가 높았
지만 농장동물("소들의 방귀가 기후변화 주범이라는
데… 억울합니다")이나 야생동물("1년 800만 마리 희
생…조류 충돌 막는 유리창 꾸미기 동참해주세요") 이
슈는 상대적으로 참여가 저조한 편이다. 하지만
초기와 달리 학교에서 키워지다 버려진 토끼, 제
대로 관리되지 못하고 있는 퇴역 경주마, A4보다
좁은 공간에서 길러지는 산란계 등 청원에 등장
하는 동물도 다양해졌고, 참여도도 높아졌다. 특
히 해당 이슈를 다루는 동물보호단체와 협업하여
SNS를 통해 청원 홍보를 함으로써 청원이 더욱
확산될 수 있었다.

청원 동의 500명을 넘기는 게 부담이 되지 않
았던 것은 아니다. 청원이 안 될 수도 있지만 그럴
경우 기운이 빠지는 건 사실이다. 때문에 주제를
고를 때도 청원 성원 여부를 고려하지 않을 수 없

다. 그렇다 해도 꼭 필요한 내용이라면 외면하지 않고 다루기 위해 노력한다. 독자들도 동물을 바라보는 시선이 바뀌었고 눈높이가 높아졌다. 동물 삶을 개선하기 위한 내용에는 많은 이들이 동참해줄 것이라 믿는다.

지금은 좋아요를 누르는 방식, 성원이 되면 답변을 하는 방식에서 벗어나 보다 많은 독자들이 이슈에 참여할 수 있는 방법을 고민 중이다. 지금보다 내용 면에서, 방법 면에서 더욱 업그레이드된 애니청원 2.0이 나올 수 있도록 노력하겠다.

평생 피 뽑히며 사는 공혈동물

2015년 일본 도쿄에서 3개월 연수를 하는 동안 동물관련 자원봉사를 할 수 있는 동물단체나 보호소를 찾았다. 하지만 생각보다 쉽지 않았다. 일본어가 능숙하지 않은 탓도 있었지만 새로운 사람을 쉽게 받아들이지 않는 일본의 보수적 문화도 영향이 있었던 것 같다.

온라인에서 정보를 찾아보다 알게 된 곳은 도쿄의 주택가 고이와(小岩)에 위치한 동물보호소 '알마'다. 이곳은 다행히 일본어를 잘하지 못하는 외국인인 나를 봉사자로 맞아주었다. 살던 곳과 반대편이라 왕복에만 세 시간 정도 걸렸지만 일주

일에 두 번은 산책봉사를 했다.

보호소에 가면 아무리 짧은 기간이라도 정이 드는 개가 있기 마련이다. 아니나 다를까 이곳에서도 쫑긋한 귀에 늘씬한 다리, 카리스마 있는 믹스견 '카호'에게 눈길이 갔다. 필요할 때는 다른 개들을 제압하면서도 보호소에 적응을 잘하지 못하는 강아지들을 살뜰하게 보살피는 모습이 예뻤다. 도쿄에선 개를, 특히 중대형견을 키우기 쉬운 환경은 아니다. 임대한 집에서 개 키우는 것을 허용하지 않는 경우도 많고, 허락한다 해도 수형견에 한하는 경우가 대부분이라 들었다. 이 때문에 10kg 넘는 개가 입양처를 찾는 건 매우 어려운 일이었다.

한국으로 카호를 데려오지 못해 아쉬워하던 차, 카호의 소식을 들었다. 정부가 운영하는 동물보호소에서 노령에다 빈혈이 심한 닥스훈트가 발견됐는데 수혈이 필요해 카호가 피를 나눠줬다는 것이었다. "역시 카호!"라며 지인들에게 자랑을 했는데, 대부분 "개도 헌혈을 해?"라며 궁금해하는 반응들이었다.

그때부터 개 헌혈에 대해 알아보기 시작했다.

2015년 당시만 해도 마약 탐지견이나 유기견이 '제2의 견생'을 산다며 피를 나눠주는 '공혈견'이 되어 수십 마리의 생명을 살렸다는 내용이 대부분이었다. 평생 사람을 위해 일하거나 사람에게 버려졌는데 이후로는 공혈견으로 산다는 뉴스가 씁쓸하게 느껴졌다. 이후 다행히도 은퇴견들이 공혈견이나 해부실습용으로 전락하는 것에 대한 비난이 일면서 관세청은 공개입찰을 통해 사역견의 새 가족을 찾아주기 시작했다.

당시도 지금도 동물병원에 개 혈액 대부분을 공급하고 있는 곳은 민간기업인 한국동물혈액은행이다. 대학동물병원은 자체 공혈견을 몇 마리씩 두고 있었다. 기업도 대학도 모두 방문 취재를 거부했지만 국내 공혈동물 숫자조차 제대로 파악되지 않고 있다는 점, 공혈동물의 사육·채혈 기준이 없는 등 관리 부실을 지적한 기사를 보도했다. 국내에서 공혈동물 문제를 다룬 첫 보도였다.

이후 한 동물단체가 보도를 본 이후 지자체 담당자, 방송사와 동물혈액은행이 운영하는 공혈견 사육장을 찾았고 업체가 공개를 거부하면서 소동이 일었다. 해당 기업은 이를 빌미로 혈액 공급을 중단하기도 했다.

그 이후 공혈견이 아닌 서로 돕는 헌혈견을 통해 혈액을 확보하자는 움직임이 확산됐고, 지금은 헌혈견협회 등도 생겼다. 하지만 8년이 지난 지금도 동물혈액 대부분은 여전히 문제가 됐던 업체에 의존하고 있고, 공혈동물을 위한 법적 기준도 전혀 마련되지 않고 있음을 확인할 수 있었다.

공혈동물 문제는 2022년 말부터 다시 수면 위로 올랐다. 약사법 및 동물용의약품 등 취급 규칙에 따라 동물용의약품 판매를 위해서는 농림축산검역본부에 동물용의약품 제조업체로 등록하고, 필요한 시설과 기구를 갖춰 제조업 및 품목 허가를 받아야 하는데 한국동물혈액은행과 관계사인 KABB가 이를 지키지 않은 게 확인된 것이다.

한국동물혈액은행의 동물혈액 판매 시점이 2002년부터인 것을 감안하면 무려 20년간 관리 사각지대에 놓여 있었던 것이다. 이는 지난해 말 동물혈액이 동물용의약품에 해당하는지 논란이 일자 동물혈액을 관리·감독하는 농림축산검역본부가 '전혈을 제외한 동물혈액제제(생물학제제)는 동물용의약품에 해당된다'고 판단한 것을 계기로

드러나게 됐다.

검역본부가 부랴부랴 전혈을 제외한 조치도 이해하기 어렵다는 반응이 많았다. 사람의 경우 전혈도 의약품에 포함돼 있는데 동물만 제외할 이유가 없다는 것이다. 이에 대해 검역본부는 "동물 의료용 혈액제제 관리방안 마련을 위한 현장간담회와 동물약사심의위원회 심의결과 등에 따른 것"이라고만 설명했다.

정부가 동물혈액과 공혈동물을 관리하지 못한 데는 크게 두 가지 문제가 있다. 먼저 개와 고양이에게 공급되는 혈액의 품질 관리다. (품질이라는 단어가 적절하지 않은데 현재 해당업체가 수익을 목적으로 혈액을 판매하는 점을 감안하고 또 적절한 단어가 떠오르지 않아 사용했다.) 전국 수술과 치료에 쓰이는 동물혈액의 유효성이나 안전성이 전혀 관리되지 못하고 있다.

두 번째는 공혈동물의 관리다. 공혈견, 공혈묘 등 공혈동물 관련 현재 법적 구속력을 가진 공혈동물 사육 및 채혈 기준이 없다. 관련 가이드라인이 있을 뿐인데 이는 지키지 않아도 그만이며, 제대로 지키는지는 해당 기업과 병원의 양심에 맡기고 있는 상황이다. 2017년부터 공혈동물의 관리 내용을 담은 동물보호법 일부개정안이 몇 차례 발의됐지만 입법 문턱을 넘지 못했다.

앞서 언급한 대로 2015년 관련 보도가 나간 후 사회적 파장은 컸다. 하지만 8년이 지난 지금도 왜 달라진 점이 없을까. 동물단체와 관계자들은 당시 한국동물혈액은행이 관련 허가를 받지 않았음을 검역본부가 인지했을 가능성이 있다고 주장한다. 또 당시 이를 확인하지 못했다면 그 역시 문제라는 것이다. 이에 대해 검역본부 동물약품관리과 관계자는 "당시 관련 사항을 인지하지 못했다"고 밝혔다.

늦었지만 지금이라도 공혈동물 문제를 바로잡아야 한다. 동물보호단체 비글구조네트워크는 공혈동물을 실험동물법으로 관리할 것을 제안했다. 실험동물에 관한 법률 제2조에 따르면 '동물실험이란 교육·시험·연구 및 생물학적 제제의 생산 등 실험동물을 대상으로 실시하는 실험'으로 규정돼 있다. 동물을 대상으로 한 혈액채취 및 혈액채취 후 가공은 생물학적 제제를 생산하는 일이므로 동물실험에 해당한다는 것이다.

동물혈액 공급 업체는 실험기관으로 등록하고, 동물실험윤리위원회를 설치 운영해 공혈동물의 출처와 사육관리, 공혈 과정 등의 관리를 해야 한다는 게 동물단체의 주장이다. 공혈동물을 취재할 때마다 불편하지만 필요한 '필요악'이라는 얘길 들었는데, 그렇다 하더라도 최소한 공급되는 혈액의 안전성, 유효성은 제대로 관리돼야 한다. 이와 함께 중요한 것이 공혈동물의 복지다.

영국과 미국은 상업적인 공혈동물 혈액업을 법적으로 규제하고 있다고 한다. 국회 입법조사처가 윤미향 무소속 의원실에 제출한 자료를 보면 영국은 수의학제제 규정(Veterinary Medicine Regulations)을 통해 국가 승인을 받은 상업적 동물혈액은행이 수의사 책임 아래 적법한 절차에 따라 채혈한 동물혈액의 생물학적 제제를 판매하도록 규정하고 있다. 미국 캘리포니아주에서는 식품농업법(Food and Agricultural Code) 제9201조에 따라 혈액은행 설립허가 신청 시 최대 채혈시간과 채혈빈도, 채혈량, 공혈동물의 최소 건강기준, 채혈 시 진행되는 수의학적 조치, 공혈동물의 사회화·운동 프로그램 계획 등 준수 규약을 제출해야 한다고 했다.

공혈동물을 줄이기 위한 대안으로 동물헌혈 문화의 활성화를 꼽는다. 물론 헌혈이 가능한 많은 동물이 헌혈에 참여한다면 피를 뽑히기 위해 살아야 하는 동물의 수는 줄어들 것이다. 하지만 이때 중요한 것 역시 헌혈에 참여하는 동물의 건강과 복지다. 헌혈을 하는 주체는 개와 고양이지만 이를 결정하는 것은 당사자가 아니라 보호자다. 또 당사자가 말을 할 수 없기에 그 의사를 물을 수도 없다. 이 때문에 동물헌혈 선택은 더욱 신중해야 한다

예컨대 헌혈에 참여하는 동물의 건강에 영향을 주지 않아야 함은 기본일 것이며 헌혈 시 동물이 공포나 스트레스를 심하게 느낀다면 아무리 좋은 일이라 해도 해당 동물에게 헌혈을 권장할 순 없을 것이다. 신체뿐만 아니라 심리적인 것을 포함해 헌혈을 위한 제대로 된 기준을 마련하고 지켜야 한다.

마라도 고양이는 죄가 없다

　2023년 2월은 0.3km² 면적의 작은 섬, 우리나라 최남단 마라도에 사는 고양이를 둘러싼 논란이 컸다.

　시작은 문화재청이 천연기념물이자 멸종위기 야생생물 2급인 뿔쇠오리를 보호한다며 마라도 고양이들을 대대적으로 포획하겠다고 밝히면서 비롯됐다. 뿔쇠오리는 주로 우리나라와 일본 무인도에서 번식하는 소형 바닷새로, 학계에서는 국내에 최대 300~400쌍이 살고 있을 것으로 추정한다. 1년 전 마라도와 가파도에 사는 고양이 기사를 쓴 적이 있었는데 이를 계기로 문화재청이 지속적인 민원에 따라 마라도 고양이 포획을 검토 중이라는 사실을 알게 되면서 취재를 시작했다.

문화재청에 확인한 결과 고양이가 뿔쇠오리에 피해를 미친다는 근거 자료를 포함한 고양이 개체 수 파악, 포획 기준, 포획 후 방안 등을 전혀 마련하지 않은 상태에서 대대적 포획만을 계획하고 있었다. 문화재청은 그러면서도 고양이 살처분 비판 여론을 의식해서였는지 살처분만은 하지 않겠다고 했다. 대신 완도 등 다른 지역 지방자치단체 보호소에서 고양이들이 죽을 때까지 보호하겠다는 입장이었다. "좁은 케이지에 갇혀 평생 사료만 먹고 사는 게 가능할까요, 행복할까요?"라고 묻는 질문에 문화재청은 답을 하지 못했다.

보도가 나간 후 문화재청은 전문가, 동물단체, 지역주민 등이 참여하는 협의체를 출범시켰고, 협의체에서 관련 사항을 논의해 결정해나가겠다고 했다. 하지만 실상은 달랐다. 1차 협의체 회의에서는 여러 논란이 오갔고, 결국 협의체와 문화재청이 뿔쇠오리 피해 저감 방안 마련을 위해 연구용역을 맡긴 제주대 연구팀과 함께 마라도를 방문해 상황을 살피는 것까지 협의했다. 이 자리에서 고양이 포획 기준이나 포획 후 방안 등은 전혀 논의되지 않았다.

그런데 기상 악화로 협의체 회의가 열리지 못한 상황에서 문화재청과 연구팀이 마라도를 방문해 긴급 치료가 필요하다며 고양이 네 마리를 섬밖으로 내보냈다. 그러곤 주민들을 따로 만나 주민들과 반출을 합의했다고 발표했다. 문화재청은 "아픈 고양이 치료는 협의체와 합의할 내용이 아니다"라고 밝혔지만 협의체 참가자들은 고양이들이 실제 긴급치료가 필요한 상황이었는지 의문을 제기했다. 제주대 동물병원으로 옮겨진 고양이들은 검진 결과 피부병, 발바닥 상처 등 길에서 사는 고양이에게 흔히 있는 질병만이 확인되었다. 긴급치료는 명분이었고, 사람을 따르는 고양이들을 잡아 데려간 것으로밖에 볼 수 없는 행동이었다.

이후로도 문화재청의 협의체 '패싱'은 이어졌다. 문화재청은 촉박한 일정 탓에 1차 회의 참석자가 다수 참석하지 못한 상황에서 2차 회의를 강행하고, 고양이 반출을 결정했다. 문화재청이 밝힌 참가자 20명 가운데 문화재위원, 문화재청, 제주세계유산본부, 서귀포시, 영산강유역청, 관련 연구용역을 맡은 제주대 관계자를 제외하면 비정부 측 참가자는 서울대 수의대 수의인문사회학교실, 제주비건, 조류보호협회 관계자 3명뿐이었다.

협의체 참가자들은 앞서 문화재청이 일방적으로 일정을 통보해 회의 참여조차 어렵다는 불만을 제기했고, 화상회의를 열 것을 요구했지만 문화재청은 제주세계유산본부 회의실이 화상회의가 불가능하다며 회의를 강행했다. 대변인실에 "비행기 표가 매진이라 참석할 수 없다"고 하자 "문화재청은 표를 끊었다", "화상회의를 알아봐달라"고 하자 "문화재청이 아니라 회의를 준비하는 제주세계유산본부에 확인해야 한다"는 황당한 답변이 돌아왔다.

정부 쪽 인사들이 대부분이다 보니 회의 내용은 일방적으로 흘러갔다. 서울대 수의대 수의인문사회학교실과 제주비건은 고양이 일괄 포획에 반대했지만 다수결 방식으로 진행되면서 이들의 의견은 그대로 묻혔다. 문화재청은 협의체 내 반대의견이 있었음을 공개하지도 않았다. 특히 한 문화재 위원은 회의에서 "해외에서는 살처분을 하는데 우리나라는 너무 고양이를 인도적으로 대한다"며 "다른 의견이 있다는 건 기록으로 남기되 정책은 그대로 추진하자"고 발언했다. 해외 사례는 무조건 따라야 하는 것인지, 또 어떤 부분이 너무 인도적이라는 것인지 이해가 가지 않는다. 또 이견이 있다고 기록만 남기고 다수결로 진행한다면 협의체가 무슨 의미가 있을까 되묻고 싶다.

이 자리에서 고양이 반출을 결정했지만 이때까지도 고양이들의 관리 방안이나 주민의 고양이 입양요구와 관련하여 준비된 것이 전혀 없었다. 문화재청은 당초 '고양이 반출'이라는 목표 달성을 위해 협의체와 주민을 들러리 세웠다는 비판을 피할 수 없었다.

문화재청과 제주도가 고양이의 일괄 반출 결정을 내리자 시민단체들이 반발하고 나섰다. 동물자유연대, 제주비건 등 49개 시민단체가 참여한 '철새와 고양이 보호 대책 촉구 전국행동'(전국행동)은 "문화재청과 제주도는 고양이 몰살 위협을 중단하고 보호대책을 마련하라"고 촉구했다. 이후 포획한 네 마리를 마라도로 돌려보내고, 뿔쇠오리와 고양이 보호 방안을 마련하라는 민원 캠페인까지 벌였다.

그러는 사이 제주세계유산본부는 협의체에 참가하지 않은 두 동물단체와 협의를 통해 마라도 고양이 반출에 나섰다. 이 역시 이해되지 않는 대목이다. 개인적으로 아쉬움이 남는 부분이기도 하다. 동물단체들이 고양이 반출부터가 아니라 준비 방안을 먼저 마련해야 한다고 한목소리를 냈다면 고양이들이 급하게 섬 밖으로 쫓겨나는 것으로 이어지지는 않았을지도 모른다는 생각에서다. 결과적으로 동물단체들이 고양이 포획과 반출을 돕게 된 셈이다.

온라인에서 뿔쇠오리, 고양이 가운데 뿔쇠오리가 수가 적으니 고양이보다 더 중요하다는 내용을 봤다. 뿔쇠오리를 연구한 최창용 서울대 농림생물자원학부 교수도 통화에서 같은 내용으로 이야기한 바 있다. 하지만 개체 수에 따라 생명의 가치가 결정된다고 생각하진 않는다. 더구나 뿔쇠오리가 중요하니 고양이는 무조건 내보내야 한다는 방식은 너무 단순한 접근이며, 정작 뿔쇠오리 보호에도 도움이 된다고 볼 수 없다. 기사를

쫓겨나기 전 마라도에서 살던 고양이 모습. (동물자유연대 제공)

통해 말하고자 했던 것은 뿔쇠오리가 중요하지 않다는 게 아니라 고양이의 이주 또는 살처분이 불가피하다 하더라도 정책을 펼 때는 근거가 필요하고, 전문가와 지역사회 등과 논의 과정을 거쳐야 한다는 것이다.

이번 논란은 또 사회에 퍼져 있는 고양이, 고양이를 돌보는 케어테이커에 대한 혐오가 만연해 있음을 느끼게 했다. 한 조류 유튜버가 관련 영상을 올리면서 마라도 고양이에 한정된 내용이 아니라 중성화 수술(TNR)이 개체 수 조절에 미치는 영향 등 전반적인 동네고양이 이슈에 대한 논란으로 확대됐다. 이는 새 vs 고양이 갈등 구조를 심화시킨 결과로 이어졌다.

마라도 고양이 논란이 불거지게 된 건 결국 사람 탓이다. 사람이 쥐를 잡는다며 고양이를 섬에 데려갔고, 중성화 수술을 제대로 하지 않은 채 밥을 주며 길러 결국 그 수가 늘게 됐다. 하지만 이제는 뿔쇠오리에 피해를 준다는 이유로 가해자 취급을 하며 무조건 일단 섬 밖으로 쫓아내는 조치가 이뤄졌다. 뿔쇠오리가 지난해까진 오지 않다가 올해만 우리나라를 찾는 게 아닌데 십수 년을 어떤 조치도 취하지 않다 올해만 유독 급하게 조치를 취한 점도 납득하기 어렵다.

마라도 고양이 이주가 다른 섬이나 국립공원 내에서 고양이나 다른 종으로 인한 피해가 발생했을 시 참고할 수 있는 선례, 롤모델이 되기를 희망했다. 하지만 이번 마라도 고양이 반출은 정부의 불통과 일방통행식 조치를 보여줌으로써 오히려 반면교사로 삼아야 할 판이다.

정부는 뿔쇠오리 보호를 위해 고양이 반출 이외에 다각적 방안을 모색해야 한다. 그리고 고양이 반출이 뿔쇠오리에게 어떤 영향을 주는지에 대한 연구도 반드시 진행돼야 한다. 또 고양이 반출이라는 목적을 위해 협의체나 주민들의 의견을 철저히 배제하는 '답정너'식 조치에 대해 반성해야 한다.

충분한 준비와 논의 없는 결정으로 인한 피해는 고스란히 고양이 몫으로 돌아왔다. 마라도에서 쫓겨나기 전 사진 속 고양이들의 모습을 보니 안타깝고 미안한 마음이 컸다. 이들은 영문도 모른 채 한순간에 보금자리를 잃었다. 제주세계유산본부는 고양이들을 동물단체에 '기증'이라는 명목

으로 '유기'하려다 동물단체의 거센 반발에 부딪
혀 일단 철회했다. 문화재청과 제주도는 약속한대
로 마라도 고양이를 끝까지 책임져야 한다.

야생동물이 다니는 길이 있었는데요

  2022년 초 서울 강서구 강서습지생태공원 내 올림픽대로로 막힌 생태공원과 개화산 두 지역을 연결하는 생태통로(도로, 댐 등으로 야생 동식물의 서식지가 끊어지는 것을 막기 위해 놓는 인공구조물)가 닫혀 있다는 제보를 받았다. 언제부터 닫혀 있었는지도 모른다고 했다.

  생태통로 전문가와 함께 강서습지생태공원을 찾았다. 난관은 생태통로까지 가는 것부터였다. 생태통로가 사람들이 다니지 않는, 동물들이 다니는 곳에 설치되어 있기 때문에 억새와 가시덤불을 헤치며 찾아야 했다. 가는 도중 치즈무늬의 고양이 사체를 발견했다. 생태통로 전문가는 "확신하기 어렵지만 한쪽 털이 쏠린 것으로 보아 바로 옆 올림픽대로를 건너다 사고를 당한 후 이곳으로 와 죽은 것으로 보인다"고 설명했다. 로드킬(찻길 사고)을 당한 동물들 가운데 도로 위에서 발견되는 경우도 많지만 이처럼 도로를 벗어나 죽는 경우도 많다고 한다. 통계에 잡히지 않은 수가 얼마나 될까. 그런 생각을 하니 마음이 불편했다.

생태통로 입구 수문은 굳게 닫힌 상태였다. 이 통로는 원래대로라면 동물들이 개화산으로 갈 수 있도록 열려 있어야 한다. 마침 전날 내려 쌓인 눈 위에는 동물들이 입구까지 왔다 돌아간 발자국들이 선명하게 남아 있었다. 생태통로 전문가는 "한강이 범람할 때 침수되지 않도록 통로 입구에 수문을 설치했다"며 "수위에 따라 수문을 조절해야 하지만 항상 닫혀 있어 동물들이 아예 생태통로를 이용하지 못하고 있다"고 지적했다.

반대편 개화산 쪽 생태통로 입구 역시 상황은 심각했다. 생태통로 입구 주변에 1m 이상 높은 울타리가 설치돼 동물들의 접근은 거의 불가능했다. 울타리 넘어 가시덤불을 뚫고 도착한 생태통로 입

생태통로로 가는 도중 로드킬을 당한 것으로 추정되는 고양이 사체가
발견됐다.

쌓인 눈 위로 생태통로 수문 앞까지 왔다 되돌아간 동물들의 발자국이
선명하게 보인다.

구는 움푹 파인 지형에 위치, 경사가 급해 동물들이 이용하기 어려워 보였다.

관리 주체인 서울시 한강사업본부는 취재가 들어가기 전까지 생태통로가 관리 대상인지조차 파악하지 못하고 있었다. 처음 취재를 했던 한강사업본부는 본인 업무가 아니라고 우겼고, 결국 서울시와 국토교통부, 서울지방국토관리청, 강서구청에 일일이 확인을 했어야 했다. 과장하지 않고 전화를 50번 정도는 돌렸다. 확인 끝에 나중에서야 한강사업본부는 "담당자가 바뀌면서 인수인계 과정에서 생태통로 관리가 누락된 것 같다"고 인정했다. 그러면서도 "언제부터 생태통로 양쪽 입구를 닫아 놓았는지 정확히 모른다"고 말했다. 관리 주체조차 모르고 있는데 생태통로가 제대로 운영될 리 없었다.

한강습지생태공원을 가보고 놀란 것은 이렇게 도심 한가운데 수많은 생명의 흔적이 있다는 점이다. 서울에서는 드물게 자연 생태계가 보존돼 너구리, 족제비, 고라니 등이 사는 서식지로 꼽힌다고 했다. 실제 고라니 털과 배설물의 흔적은 쉽게 찾아볼 수 있었고 쥐목과의 포유류인 멧밭쥐

둥지도 발견할 수 있었다. 억새 사이가 동물들의 쉼터가 된다고 했다.

이곳은 2011년 경인아라뱃길이 완공되며 경기 김포시 전호산과 갈라지기 전까지 최상위 포식자인 멸종위기 야생생물 Ⅱ급 삵도 포착되던 곳이다. 2010년 당시 생태공원에 살던 고라니가 올림픽대로를 건너다 로드킬이 발생하는 등 두 지역의 생태계가 단절됐다는 지적이 나오면서 서울시는 서울대 환경계획연구소에 야생동물 모니터링과 생태통로 계획에 관한 연구용역을 맡겼다.

연구용역 결과 그해 4월부터 10월까지 고라니, 삵, 너구리 등 9종의 야생동물이 올림픽대로에서 찻길사고를 당하고 있는 것으로 조사됐고 서울시는 생태공원과 개화산을 연결하는 생태통로를 조성하기로 했다. 생태통로는 올림픽대로 밑을 지나는 터널형태로 공사비 37억 원을 들여 길이 144m, 높이 1m 규모로 2013년 12월 완공됐다. 서울지방국토관리청은 이듬해 1월 서울시 도로시설과에 생태통로 관리를 인계했고, 2016년부터는 한강사업본부가 관리 주체가 됐다. 이 내용은 자료가 있었던 게 아니라 각각의 기관에 확인해 정리한 것이다.

생태통로가 방치된 사이 해당 지역에선 생태통로를 이용하지 못한 야생동물이 로드킬을 당해 목숨을 잃고 있었다. 이 지역이 고라니와 고양이 등 로드킬 다발 구간으로 꼽히면서 서울시설관리공단은 지난해 생태공원과 개화산 사이 올림픽대로 관통구간 울타리를 정비하고 배수로 틈새를 보완하는 작업을 했다.

보도가 나간 뒤 서울시 한강사업본부는 생태공원 쪽 생태통로 수문을 개방하고 CCTV를 설치했다. 또 동물들이 드나들 수 있도록 수문 앞 물이 고이지 않게 하기 위한 배수 시설을 구비했다. CCTV 확인 결과 고양이, 고라니 등이 포착되긴 했지만 많은 동물이 이용하는 흔적을 찾기는 어려웠다. 그럼에도 일단 문을 열어놨으니 적은 수라도 동물들이 이용하고, 또 단절된 생태계를 잇는데 조금이라도 도움이 되길 바란다.

하지만 이곳은 운영도 문제지만 설계부터 동물 습성을 제대로 반영하지 못한 한계가 있다. 개화산 쪽 입구에 시민 출입을 막기 위해 설치한 울타리 위치가 동물 이동 경로를 막고 있어 울타리 위치 변경과 주변 수풀 정리 필요성이 제기됐지만 개선되지 않았다. 또 생태공원과 개화산 사이 교통섬에 위치한 생태통로 역시 깊이가 있는 사각수로박스 형태로 만들어져 동물들이 이용하기 어려워 보였다.

이곳만 문제였을까. 환경부 산하 국립생태원이 운영하는 생태통로네트워크 홈페이지에 집계된 전국 생태통로 수는 2023년 4월 기준 540개. 국토교통부, 지방자치단체 등 생태통로 관리자가 자발적으로 자료를 제출하는 방식인데 강제성이 없어 누락된 곳이 많다고 한다. 수차례 지적했지만 최근 모니터링도 대부분 2016, 2017년에 머물고 있다.

자연환경보전법에 의해 설치·관리되는 법정 생태통로는 53곳, 그 외 환경영향평가법에 의해 설치된 일반 생태통로는 487곳이다. 정부가 직접 설치하는 데다 관리 의무가 법에 명시돼 있다는 법정 생태통로 역시 효율성을 평가해보니 약 20%만 '양호' 판정을 받았다. 일반 생태통로는 이보다 더 심각해 지자체나 도로관리사무소 등이 관리를 넘겨받은 곳은 기본적인 모니터링조차 되지 않는 경우가 많다고 한다.

생태통로 문제가 지적된 것이 하루 이틀이 아 님에도 개선될 여지는 전혀 보이지 않고 있다. 생 태통로는 야생동물의 로드킬 방지뿐 아니라 생태 계 보전에도 큰 역할을 하지만 제대로 관리되지 못한 채 방치되고 있다.

한국도로공사에 따르면 최근 2017~2021년 발생한 고속도로 동물찻길사고는 모두 7,476건 으로, 5~6월에만 전체 41%에 달한다고 한다. 사고를 당하는 야생동물은 고라니(86%), 멧돼지 (6%), 너구리(4%) 순이었는데 천연기념물이자 멸 종위기야생생물 I급인 수달, 멸종위기종 담비, 수리부엉이, 삵 등 법정보호종도 도로에서 목숨을 잃고 있다.

생태통로는 지어만 놓는다고 끝나는 게 아니 다. 강서습지생태공원처럼 처음부터 설계가 잘못 된 곳이라면 보완을 해야 하고, 잘 지어진 곳이라 도 동물들이 지속적으로 이용할 수 있도록 끊임 없이 관리, 개선 노력을 해야 한다.

동물을 가볍게 다루는 미디어

2023년 3월 서울 광진구 어린이대공원에서 탈출했다 포획된 얼룩말 '세로'와 관련된 뉴스가 쏟아져 나왔다. 도심 한복판에 등장한 얼룩말 이미지는 마치 합성한 것처럼 보였고, 이 사건은 주요 외신에도 잇따라 보도됐다. 'UN 콘퍼런스에서 발언하는 세로' 등 세로를 위로한다며 온라인에서는 패러디 이미지와 영상까지 등장했다.

세로는 동물원 내 부서진 울타리를 탈출해 인근 주택가를 돌아다니다 3시간 30여 분 만에 마취총을 맞고 붙잡힌 뒤 동물원으로 되돌아갔다. 큰 사고로 이어지지는 않아 다행이었지만 뉴스를 보면서 불편한 마음이 들었다.

탈출의 원인은 허술한 사육장 관리였다. 하지만 대부분의 뉴스는 부모를 잃은 후 옆 사육장 캥거루와 싸우는 등 반항기를 보이는 세로에게 내년에는 '여친'이 생긴다(암컷과 합사)는 이야기에 초점을 맞췄다. 동물원에 돌아온 이후에는 세로가 단단히 '삐져' 간식도 거부한다는 보도까지 나왔다. 세로가 놀라서였는지, 아니면 환경에 불만이 있어서였는지 등에 대한 전문가들의 의견과 분석은 없었다. 그저 세로의 모습을 지나치게 의인화, 희화화하고 있었다.

반려동물을 기르는 인구가 늘고, 전반적으로 동물권, 동물복지에 대한 관심이 높아지면서 미디어에서 동물을 다루는 횟수도 늘고 있다. 농림축산식품부가 2019년 반려동물 관련 기사량과 주제어를 분석한 결과 지난 2012년 4,068건이던 기사는 2015년 7,061건, 2018년에는 1만 4,308건으로 급속히 늘어난 것으로 조사됐다.

그렇다면 동물 뉴스를 다루는 방식은 어떨까. 동물을 흥미나 인간을 위한 도구가 아니라 사람과 공생하는 존재이자 생명의 가치를 지닌 존재로서 다루려는 경향이 커지고 있지만 세로의 사례는 여전히 미디어가 동물 뉴스를 다루는 데 있어 갈 길이 멀다는 점을 보여주고 있다.

미디어학을 공부하면서 2004년부터 2018년 까지 〈조선일보〉, 〈중앙일보〉, 〈경향신문〉에 나타 난 반려동물 기사를 대상으로 시기에 따른 반려 동물 보도의 특징을 분석한 적이 있다. 정치커뮤 니케이션연구 통권 65호에 게재된 내용으로 결과 를 간단히 소개한다.

시간이 지날수록 개와 고양이 위주의 반려동 물 기사는 줄어든 반면 모든 반려동물을 포괄하 는 기사는 늘었다. 또 사건 위주의 기사가 점차 줄어들고 기획·연재 기사가 증가하는 경향을 보 였다. 전보다 좀 더 동물 이슈를 분석적으로 다루 고 있다는 것으로 긍정적으로 볼 수 있다.

다만 여전히 반려동물을 사람의 손이 필요한 존재, 상품 가치가 높은 존재, 사람에게 위해나 불 편을 주는 존재 등 부정적으로 그리는 경향 또한 많은 것으로 나타났다. 그럼에도 사람과 공생하 는 존재이자 생명의 가치를 지닌 존재라는 긍정적 의미 부여가 늘었다는 점은 다행이다. 사람을 즐

겹게 만드는 도구적 존재로서의 인식이나 위무(치료) 목적의 존재로 바라보는 인식은 뚜렷하게 줄었다.

내용을 보면 인간적 흥미 프레임이 초창기부터 지금까지 줄곧 사용되고 있었다. 즉 언론이 동물 이슈를 흥미 위주로 보도하는 경향이 크다는 얘기다. 동물 관련 시장이 커진다거나 상품이나 서비스가 다양화된다는 등 동물을 산업적으로 다루는 경제적 중요성 프레임 역시 점진적으로 늘었다. 반면 동물의 매매나 품종 등을 강조하는 내용이나 사람의 안위나 건강을 위해 동물을 인간의 도구화하는 프레임은 줄었다. 그러나 동물이 인간적 흥미와 경제적 중요성 측면에서 주로 다뤄진다는 것은 여전히 동물정책이나 동물권, 동물복지를 위한 종합적이며 분석적인 접근보다는 사람들의 관심과 눈길을 끄는 이슈로 소비하는 경향이 큰 것으로 해석된다.

이 분석은 신문에 해당하지만 시청률과 트래픽, 조회수를 좇는 방송이나 온라인 기사, 유튜브 등에서는 흥미 위주나 갈등을 다루는 비율이 더욱 높을 것으로 추정된다.

실제 방송의 경우 제대로 된 품종 소개나 양육법을 다루는 대신 외모 위주로 예능 프로그램에 등장한 품종들은 반짝 인기를 끌다 유기동물 증가로 이어졌다. 동물단체 활동가들은 방송에 나온 품종의 경우 방송 기간에는 '판매'가 늘지만 1~2년 뒤에는 보호소에서 쉽게 찾을 수 있다고 말한다. 또 문제 있는 반려동물을 출연시킨 뒤 사람이 이를 교육시켜 단기간에 교정하는 프로그램도 지속적으로 방송되고 있다. 동물은 그저 사람이 교정해야 하는 대상으로 비춰지고 빠르게 동물의 행동을 바꾸는 사람의 능력에 감탄하도록 만든다. 하지만 교육 방식이나 내용에 대한 객관적 점검은 하지 않는다.

동물권단체 카라가 79개 유튜브 계정의 413개 동물 영상을 분석한 결과도 있다. 영상 10개 중 2개는 비정상적 돌봄, 신체적·물리적폭력 등 동물학대 소지가 있는 것으로 나타났다. 문제는 이러한 영상이 사람들의 동물에 대한 인식에 영향을 미치고 있다는 것이다. '귀엽다' 혹은 '나도 키우고 싶다'라는 댓글이 압도적으로 많았고 많은 댓글 가운데 동물학대에 동조하거나 때로는 더

부추기는 경우도 발견됐다. 새로운 동물학대 영상을 제작할 것을 부추기는 댓글이 다음 영상 제작으로 연결되기도 했다.

반려동물을 키우는 생활방식과 관련한 보도의 경우 개가 유치원에 가고 스파를 하는 등 '개팔자가 상팔자'라는 식의 보도를 흔히 찾아볼 수 있다. 동네고양이를 돌보는 케어테이커와 관련한 뉴스는 고양이와 사람의 공존을 위한 근본적인 대안 제시보다는 케어테이커 혐오나 당사자 간 갈등에만 주로 초점이 맞춰져 있다.

동물의 이익과 사람의 이익이 배치될 때는 더욱 사람 위주의 시각으로 접근하고 있다. 도심에 출현하는 멧돼지 기사의 경우 멧돼지의 위험성과 멧돼지를 피하는 법을 다룰 뿐, 멧돼지가 왜 도심 속까지 내려올 수밖에 없는지 또는 사살만이 대안인지 등을 다루는 기사는 거의 없다. 조류인플루엔자(AI)와 구제역 발생으로 닭과 돼지가 대거 살처분될 때도 달걀 값과 삼겹살 값에 대한 보도가 대부분이며 살처분되는 동물의 처우를 다룬 경우는 찾아보지 못했다.

개물림 사고를 다루는 뉴스에서도 이 같은 경

향은 두드러진다. 개가 사람을 문 사건의 경우 '살인견', '여덟 살 아이를 물어뜯은 개', '8세 남아 목 물어뜯은 사고견' 등 개의 폭력성과 안락사 여부에만 초점을 둔 기사가 대부분이었다. 물론 개가 사람을 공격한 게 잘했다는 건 아니다. 다만 개를 방치해서 사람을 공격하게 한 보호자의 잘못이 더 크며, 개를 제대로 기르지 않아도 처벌하기 어려운 동물보호법의 문제를 지적하는 기사는 거의 없었다. 또 무조건 안락사하는 게 아니라 교육 가능 여부나 정부가 준비 중인 안락사 기준의 진행상황 등을 다루는 내용도 찾기 어려웠다.

동물 뉴스가 전문성을 요구할 때도 있다. 예컨대 수족관 벨루가(흰고래)를 생크추어리(야생적 응장)로 보내는 기사를 쓸 때 대부분의 언론과 동물단체조차 '방류'라고 표현하고 있다. 하지만 방류는 말 그대로 바다로 보내는 것인 반면 생크추어리는 야생에서 살기 어렵다고 판단되는 개체들이 야생과 최대한 비슷한 환경에서 지낼 수 있도록 만든 공간이다. 완전히 다른 의미인 만큼 단어를 고를 때도 주의해야 한다.

미디어는 동물을 위한 구조적 문제 등을 심도

있게 다뤄야 할 의무가 있다. 특히 반려동물 산업의 경우 생명과 연관된 분야인 만큼 일반적인 경제나 산업기사와는 달리 신중하게 접근해야 한다. 특히 동물과 사람의 이익이 배치될 때 언론은 동물의 관점도 함께 고려해야 한다.

동물을 바라보는 사람들의 눈높이가 높아지고 있다. 미디어도 이용자들의 높아진 동물 감수성에 대해 공부하고 이에 맞춰 콘텐츠를 제작해야 한다. 동물 뉴스를 쓸수록 쉬운 주제가 아님을 느낀다. 동물을 다루는 뉴스는 실제 동물들의 삶에도 영향을 미칠 수 있기 때문에 더 전문적이고, 깊이 있게 다뤄야 한다.

마트 진열대의 고기는 어디서 올까

반려동물, 농장동물, 실험동물, 전시동물, 사역동물… 모든 동물들의 삶이 힘들지만 그 가운데서도 특히 농장동물의 삶은 고달프다. 다른 동물과 달리 사람들의 먹거리라는 특수한 위치에 있어 동물복지에 관심이 있는 사람들도 상대적으로 농장동물에 대한 관심은 덜한 것 같다. 동물단체 활동가들을 만나면 농장동물 캠페인이 다른 동물 캠페인보다 하기 어렵고, 다른 이슈에 비해 상대적으로 주목도가 떨어진다는 얘길 종종 듣는다.

예전에 회사 한 선배가 "아직도 배고픔에 허덕이고, 고기를 못 먹는 사람들이 많다"며 농장동물복지를 논하는 게 시기상조라는 말을 한 적이 있다. 동물복지가 훼손되더라도 대량밀집사육을 함으로써 가격을 낮춰 더 많은 사람들이 고기를 먹을 수 있도록 해야 한다는 논리다.

지금 당장 먹을 게 없는 사람 앞에서 동물복지를 논하며 동물을 먹어서는 안 된다고 말하는 게 아니다. 값싼 고기를 공급한다는 명목으로 동물의 품종을 개량하고 동물의 습성을 완전히 무시한 채 대량밀집사육을 하는 상황을 개선하자는 얘기다.

시민들 가운데 마트 진열대에 놓인 랩에 싸인 고기가 아니라 이 동물들이 어디서 어떻게 길러지는지 직접 본 사람은 얼마나 될까. 가장 많이 소비되는 소나 돼지, 닭의 경우 미디어나 사진을 통해서 접하는 경우가 대부분일 것이다. 그러는 사이 우리는 동물들이 처한 상황을 알지 못한 채, 아니면 알아보려는 노력을 하지 않은 채 동물을 소비하고 있다.

산란계는 마리당 A4용지보다 좁은 공간에서 날개 한번 제대로 펼쳐보지 못한 채 평생 달걀을 낳는다. 스트레스로 인해 다른 닭들을 쪼지 못하도록 부리가 잘린다. 계사 조명을 끄지 않음으로써 잠을 덜 재우는데, 이는 살을 찌우고 더 많은 알을 낳게 하기 위해서다. 닭의 자연 수명은 평균 10년으로 7~13년에 달하지만 산란계는 2~4년, 치킨이 되는 육계는 불과 4~5주 만에 도축된다.

돼지의 경우는 어떤가. 새끼돼지는 태어나자마자 송곳니가 갈리고 꼬리가 잘린다. 돼지는 스트레스를 받으면 다른 돼지의 꼬리를 씹는 습성이 있어서다. 어미돼지는 '스툴'이라고 불리는 좁은 쇠틀에 갇힌 채 발정유도제와 항생제 등 약물에 의존해 6~7번 새끼를 낳다 3, 4년 만에 생을 마감한다. 대부분 돼지들은 몸조차 제대로 돌릴 수 없는 좁은 공간에서 햇빛조차 보지 못하고 살다 도축장으로 끌려간다. 돼지의 자연 수명은 최소 10년이지만 대부분의 돼지들은 태어나자마자 6개월 만에 도축된다. 삼겹살을 즐기는 우리나라에서 사육되고 있는 돼지는 1,000만 마리 이상이다.

인간을 위해 동물을 일방적으로 희생해서는 안 될 일이지만, 대량밀집사육은 결국 인간의 삶과도 연관되어 있다. 생산성만 추구하는 이 같은 밀집사육은 동물의 면역력을 약화시키고, 이는 조류인플루엔자나 구제역 등 전염병 확산의 원인이 된다는 지적이 나온다. 또 사람은 과다 사용한 항생제가 축적된 고기를 소비하게 된다.

대량밀집사육이 실제 생산성을 높이는지도 따져봐야 한다. 밀집사육은 전염병뿐 아니라 폭염 등에도 취약하다. 폭염 속 농장동물들의 폐사는 매년 반복되는 고질적인 문제지만 개선되지 못하고 있다. 전염병이 돌아 살처분하거나, 폭염으로 폐사를 하면 새로운 동물을 들여와 기르는 상황이 반복된다. 이때 농가를 지원하기 위해 세금이 쓰인다.

이러한 농장동물의 상황을 개선하고자 정부는 2012년부터 동물복지 기준을 준수해 동물을 기르는 농장을 인증하는 '동물복지 축산농장인증제도'를 시행하고 있다. 하지만 동물복지 농장 수와 이를 아는 소비자도 아직은 많지 않다. 2023년 3월 기준 동물복지인증을 받은 농장은 427개에 불과하다. 그나마 산란계농장(227개)과 육계농장(145개)이 많고 돼지농장(18개), 젖소농장(31개), 한우농장(6개)은 그 수를 셀 수 있을 정도다. 돼지와 젖소, 한우농장은 전체 농가의 1%도 안 되는 비율이다.

정부에 따르면 양계농장은 시설 보수만 해도 기준 충족이 가능한 데 반해 양돈·젖소농장은 완전히 새로 지어야만 가능한 수준이라고 한다. 그만큼 소와 돼지가 국제기준에 한참 부족한 환경에서 사육되고 있어 인증을 받기 어렵다는 얘기다.

동물복지에 대한 인식이 높아지면서 대량밀집 사육 문제를 개선해야 한다는 시각도 다행히 늘고 있다. 동물복지문제연구소 어웨어가 발표한 '농장동물 복지에 대한 국민인식 조사'에 따르면 전체 응답자의 95.7%가 '공장식 축산의 개선이 필요하다'는 데 동의하거나 매우 동의한다고 답했다. 하지만 이러한 문제 인식이 동물복지인증 제품 소비로 이어지지는 않고 있다. 최근 6개월 동안 동물복지인증 축산물을 구매한 적이 있다는 응답은 36.4%였고, 달걀 구매 시 동물복지인증을 주로 구매한다는 응답은 7.1%에 불과했다. 구매하지 않는 이유로는 '생각해본 적이 없어서'라는 응답이 40.5%로 가장 많았고 '일반 축산물보다 가격이 비싸서'가 26.6%로 뒤를 이었다.

소비자들이 동물복지인증 자체를 제대로 모르고 있는 게 현실이다. 어웨어 조사에서는 국민 4명 중 3명은 달걀 사육환경 표시제를 모르고 있는 것으로 나타났다. 달걀 껍데기에는 산란일자 4자리 숫자를 포함해 생산자고유번호(5자리), 사육환경번호(1자리) 순서로 총 10자리가 표시된다. 맨 뒷자리 번호는 1~4번까지 있는데, 1(방사 사육), 2(축사 내 평사), 3(개선된 케이지), 4(배터리 케이지)를 말한다.

농가들이 동물복지농장 전환에 관심이 없는 건 아니다. 어웨어가 양돈 축산업 종사자 145명을 대상으로 조사한 결과에서는 54.5%가 "동물복지 축산농장으로 전환 의향이 있다"고 답했다. 전환에 필요한 요소로는 '초기비용 지원', '판로 확보', '인증 과정에 대한 행정적 지원' 등을 꼽았다. 또 농장동물 복지 향상 방안을 위해서는 농장주의 책임 강화와 소비자의 동물복지 축산물 소비 확대를 들었다. 즉 소비가 이뤄져야 농가들도 동물복지농장으로 전환을 한다는 얘기다.

동물단체들의 농장동물 캠페인도 진화하고 있다. 어웨어는 농장동물에 대한 시민 인식조사뿐 아니라 실제 농가들을 돌며 농가들의 애로사항을 듣고, 동물복지인증을 확대하기 위해 어떤 점이 필요한지 분석해 알리고 있다. 동물자유연대는 메타버스(디지털 가상공간) 플랫폼에서 케이지프리(Cage free, 방사 사육) 페스티벌이라는 마케팅을 펼쳤다. 메타버스 플랫폼에서 관련 강의도 듣고 모래목욕을 좋아하는 닭의 습성을 떠올리며 샌드아트 상품을 만들어보는 내용으로 구성됐다.

미국 다국적 기업 맥도날드 등 해외 다수 기업들은 케이지 환경에서 생산된 달걀을 사용하지 않겠다는 케이지프리 선언에 동참하고 있다. 유럽연합(EU)은 2012년부터 산란계에 대한 배터리 케이지 사용을, 2013년부터는 돼지 스툴 사육을 법적으로 금지했다고 한다.

세계적인 케이지프리 운동 연대체인 OWA(Open Wing Alliance)에 따르면 연간 50억 마리의 닭이 1조 개 이상의 달걀을 낳는데 이 가운데 60%가 아시아에서 생산되고 있다. OWA는 "우리의 선택이 50억 마리의 삶에 변화를 이끌어 낼 수 있다"고 호소했다.

국내에서 동물복지인증 농장을 확대하고 농

장동물의 복지를 높이기 위해서는 농가들이 새로운 투자를 해야 하고, 소비자들은 좀 더 비용을 지불해야 한다. 동물복지인증 농장으로의 전환으로 생산성이 떨어질 수는 있지만 농장동물이 살아있는 존재임을 감안하면 지금처럼 생산성만 따져서는 안 된다. 또 수많은 살처분에 따른 세금 지원 등을 감안한다면 지금과 같은 방식이 과연 장기적으로 생산성이 높은지 분석할 필요가 있다. 농장동물의 복지를 높이는 것이 사람의 건강에 영향을 미친다는 점도 잊어선 안 된다.

동물학대범에게 강력한 처벌을

동물보호법이 강화됐다고 하지만 동물학대는 끊이지 않고 있다. 2023년 3월에는 경기 양평군의 한 주택가에서 1,200여 마리가 넘는 개 사체가 발견돼 전 국민이 분노했다. 학대를 당하는 동물은 개, 고양이, 햄스터 등 다양하다. 이 가운데서도 특히 보호자가 없는 동네고양이를 대상으로 한 잔인한 학대는 계속되고 있다.

동물학대 사건의 처벌 수위가 낮다는 지적은 꾸준히 제기돼 왔다. 현행법상 동물은 여전히 물건인 점이 작용한다. 지난해 동물보호법이 개정되기 전까지 동물학대 범죄는 동물보호법보다 형량이 높은 재물손괴가 적용됐다. 하지만 동네고양이는 이마저도 적용하기 어려웠다. 보호자가 없다는 이유에서였다. 또 동네고양이 학대 사건의 경우 경찰이 초기 수사에 적극적이지 않아 증거 확보가 제대로 안 된다는 우려가 많았다.

2022년 9월 동네고양이 학대 사건 관련 재판 5건이 이례적으로 잇따라 열린 적이 있다. 4건은 1심 선고가 이뤄졌고, 1건은 1차 공판이 열렸는데 결과는 제각각이었다.

경북 포항시에서 동네고양이를 학대한 두 사건에는 실형이 선고됐다. 포항시에서 동네고양이 16마리를 폐양어장에 가두고 죽이거나 학대한 20대 남성은 대구지방법원 포항지원으로부터 징역 1년 4개월과 벌금 200만 원 형을 선고받았다. 다음 날에는 포항 시내에서 2020년부터 고양이 7마리를 연쇄 살해하고, 2019년 고양이 3마리를 학대한 혐의를 받은 30대 남성에게 법정 최고형(징역 3년)에 조금 못 미치는 징역 2년 6개월이 선고됐다.

하지만 결국 폐양어장 사건의 경우 2023년 1월에 열린 2심에서 집행유예가 선고됐다. 피고인의 심신미약 주장을 받아들였고, 공탁금을 법원에 기탁했다는 이유에서였다.

아예 처음부터 제대로 처벌되지 않은 사례도 있다. 입양한 고양이를 칼로 수차례 찔러 상해한 30대 남성은 청주지법으로부터 징역 6개월, 벌금 100만 원에 집행유예 2년을 선고받았다. 서울서부지법이 동네고양이 밥그릇에 수개월간 16회 이상 살해 협박 편지를 남긴 혐의를 받는 20대 남성에게 징역 6개월, 집행유예 1년을 선고하면서 동물단체들이 반발하기도 했다. 청주지법과 서울서부지법 모두 "초범이고 잘못을 인정하고 있다"며 양형 이유를 밝혔다.

창원지법은 식당가에서 기르던 고양이 '두부'를 약 16회 내려친 후 담벼락 반대편으로 집어 던져 살해한 20대 남성에 대한 첫 재판을 진행했지만 이 재판에선 동네고양이라는 이유로 재물손괴 혐의가 다뤄지지 않았다.

위 사례를 포함해 동물학대 관련 재판 결과는 뒤죽박죽이다. 이 때문에 동물학대 범죄 관련 양형기준을 마련해야 한다는 필요성이 꾸준히 제기되고 있다. 대법원 산하 양형위원회는 범죄유형별로 양형기준을 정하는데, 범죄의 발생빈도가 높거나 사회적으로 중요한 범죄의 양형기준을 우선 설정하고 점진적으로 양형기준 설정 범위를 확대하고 있다. 현재 살인, 뇌물, 성범죄 등 44개 주요 범죄의 양형기준이 시행 중인데 여기에 동물학대가 빠져 있는 것이다. 양형기준 마련이 도깨비 방망이처럼 뚝딱 이뤄지면 얼마나 좋을까. 하지만 양형기준 마련을 위해선 넘어야 할 과제들이 남아 있다.

먼저 경찰 수사부터 체계적으로 이뤄져야 한다는 의견이 있다. 양형기준 마련을 위해선 그만큼 판례가 있어야 하고, 실제 동물학대 범죄가 기소가 돼야 하는데 이를 위해 가장 필요한 건 제대로 된 수사이기 때문이다.

동물보호단체들은 특히 증거를 잡기 힘든 고양이 학대 사건의 경우 경찰이 수사에 적극 나서지 않는다고 지적한다. 피학대동물이 말을 할 수 없어 수사 개시와 피의자 특정 및 증거 확보에 어려움이 있는 것도 물론 사실이다. 특히 고양이 학대 사건은 학대 정황이 명백한 경우도 있지만, 사체가 발견됐다 해도 로드킬, 질병, 개체 간 싸움 등으로 인한 것일 수 있어 원인을 구분하기 쉽지 않다.

하지만 동물대상 범죄에 대한 경찰의 수사 의지 역시 사람들의 관심도에 따라 달라지는 것으로 보인다. 동물자유연대가 이은주 정의당 국회의원과 2022년 7월 경찰관·동물보호감시원을 대상으로 실시한 '동물학대 사건 대응 경험' 설문조사 결과에 따르면 동물학대 사건 수사에서 시민단체의 민원과 언론보도가 영향을 미친다는 응답이 각각 72.5%, 70.8%에 달했다. 근본적으로는 무엇보다 현장에서 동물대상 범죄 수사 매뉴얼이 축적되고, 동물대상 범죄 특성에 대해 경찰 내부교육을 강화해 전문성을 높여야 한다는 게 동물단체들의 의견이다.

양형기준 마련을 위해서는 사례축적 부족, 양형기준이 미설정된 다른 범죄와의 우선순위 등 현실적 한계 요인을 먼저 분석해야 한다는 주장도 있다. 동물학대범에게 이례적으로 징역형을 선고하며 양형이유를 긴 판결문에 적시해 화제가 됐던 유정우 울산지방법원 판사의 얘기다. 유 판사는 한 토론회에서 "실제 사례 부족을 메우기 위해서는 해외 실제 사례를 참고하고 예상 사례를 최대한 많이 작성해 분석, 양형인자를 추출하는 방법을 고려해볼 수 있다"고 제안했다. 이어 "양형기준 대상 범죄로 지정되기 위한 중요 기준으로 국민적 관심과 이해관계 직결 여부, 범죄발생 빈도를 들 수 있다"며 "이는 동물학대 범죄에 대한 사회적 인식이 확산돼야 함을 뜻한다"고 덧붙였다.

즉 경찰의 수사, 양형기준 마련에는 동물학대에 대한 관심과 처벌 수위를 높여달라는 시민의 목소리가 영향을 미칠 수 있다는 얘기다.

실제 동물학대 처벌 기준을 강화해야 한다는 것에 많은 이들이 동의하고 있다. 동물복지문제연구소 어웨어가 2021년 성인 남녀 총 2,000명을 대상으로 설문조사를 진행한 결과 96.8%가 동물학대 처벌 기준을 강화해야 한다고 답했다. 특히 보호자가 없는 동네고양이라도 함부로 다루는 건 단순히 고양이를 돌보는 케어테이커들만 반대하는 게 아니라 모두가 위험하다고 느끼는 명확한 범죄라는 인식이 점차 확산되고 있다.

동물학대 파급효과는 온라인과 연결되면서 더 커지고 있다. 동네고양이 · 너구리 등을 살해하고 학대 영상과 사진을 공유한 카카오톡 오픈채팅방 '고어전문방' 사건은 큰 충격을 안겼다. 이외에 온라인 커뮤니티 디시인사이드에서는 동물학대 사진과 영상들이 잇따라 게시되고 있다. 고양이를 포획해 산 채로 칼로 찌르고 불태운 영상이 디시인사이드 야옹이갤러리에 올라와 많은 이들이 분노한 사건도 있었다.

온라인 동물학대는 범인을 잡기 더 어렵다고 한다. 여기에 처벌 수위도 들쑥날쑥한 게 알려지면서 범죄자들은 커뮤니티나 채팅방에서 "어렵게 죽일수록 쾌감을 느낀다"거나 "어차피 안 잡힐 것 아니까 짜릿하다. 잡혀도 벌금 정도 내면 그만이다"라는 대화를 공공연히 하는 것으로 알려져 있다.

온라인 동물학대의 부정적 영향은 이루 말할 수 없다. 지속적인 학대 영상 노출은 누군가에게 간접 학대이고 이는 불특정 다수에게 불쾌감을 줄 수 있다. 온라인 동물학대는 모방범죄로 이어질 수 있고 특히 청소년에게 여과 없이 영향을 줄 수 있다는 점에서 더 큰 문제로 이어질 수 있다. 이 때문에 온라인상 동물학대도 반드시 처벌받는다는 인식을 확산시켜야 하며 이를 위해서는 전문 기술이 필요한 만큼 학대범에 대한 신속한 수사와 확실한 검거 방안을 마련해야 한다.

동물학대 처벌 수위를 높이기 위해서는 양형 기준이 마련되어야 한다. 이를 위해서는 온라인 이든 오프라인이든 동물학대를 막기 위한 철저한 수사가 이뤄져야 하며 특히 온라인의 경우에는 온라인 범죄를 겨냥한 전문기술도 확보되어야 한다. 철저한 수사로 많은 동물학대 범죄가 기소로 이어지고 많은 사례를 축적해야 한다. 양형기준 마련도 시급하지만 재판부도 동물 감수성을 키웠으면 한다. 양형기준이 없는 현상황에서는 재판부의 동물 감수성이 재판 결과에 큰 영향을 미치기 때문이다.

안내견은 타고나지 않아요

이들을 보면 항상 기특하고 고마운 마음이 든다. 바로 시각장애인을 돕는 안내견이다.

안내견은 보통 골든 리트리버나 래브라도 리트리버 종(種)이 많은데, 우리나라에서 활동하는 안내견은 래브라도 리트리버가 대부분이다. 선한 눈빛에 금빛 털색의 외모만으로도 사람들을 사로잡기 충분한데 거기에 시각장애인을 돕는다니 마음이 열리지 않을 수 없다.

국내에서 안내견이 처음 활동한 것은 1972년 임안수 전 대구대 교수가 미국 유학을 마치고 셰퍼드 종 안내견 '사라'와 함께 들어오면서부터다.

체계적 과정을 거쳐 국내 양성기관에 의해 배출된 첫 안내견은 1994년 양현봉 씨가 삼성화재 안내견학교로부터 기증받은 래브라도 리트리버 종 '바다'다.

안내견 한 마리를 탄생시키는 데는 수많은 사람들의 노력이 필요하다. 안내견은 안내견 자질이 있는 부모견에게서 태어난다. 1년간 일반 가정에서 살며 퍼피워킹(사회화 과정)을 거친 뒤 안내견 학교로 돌아와 7, 8개월간 교육을 받는다. 이 가운데 약 30%만이 안내견이 된다. 안내견으로 활동하다 은퇴한 은퇴견을 돌보는 봉사자들도 있다.

안내견의 매력에 빠지면 헤어나올 수 없나 보다. 고관절 문제로 안내견이 되지 못한 '나무'를 기르며 자원봉사를 해온 최선경 씨는 은퇴견 '미담이'를 맡아 떠나보냈고 지금은 은퇴견 '태양이'와 함께 살고 있다. 또 다른 봉사자 김정옥 씨는 지금까지 6마리의 은퇴견을 돌봤다.

일반 봉사자, 안내견 지도사, 그리고 시각장애인 파트너까지 이들의 노력이 없이 안내견은 탄생할 수 없다. 시간과 노력을 돈으로 환산할 수 없지만 비용만 1억 원이 넘게 든다고 한다.

안내견 보행 체험을 한국과 일본에서 해본 적이 있다. 안대를 쓴 채 안내견의 하네스에 내 몸을 맡겨야 했다. 일본에서는 체험 길이가 꽤 길어 마지막에는 답답함마저 느껴졌다. 공통점은 생각보다 안내견이 걷는 속도가 빠르게 느껴졌다는 점이다. 또 똑바로 걷는다고 생각했지만 나중에 촬영한 영상을 보니 대각선으로 걷고 있었다. 잠깐임에도 너무 불편하고 무서웠는데 시각장애인들은 얼마나 힘들지, 또 열심히 배워 시각장애인을 이끄는 안내견이 대견하다고 생각했다.

우리나라 안내견은 대부분 삼성화재 안내견학교에서 배출된다. 안내견학교가 1994년부터 분양한 안내견은 2023년 5월 기준 총 267마리. 활동 중인 안내견은 70여 마리며 안내견 활동을 마치고 생을 마감한 안내견은 130마리다.

반면 일본 내에서 활동 중인 안내견은 2020년 기준 1,000여 마리로 알려져 있다. 인구는 우리보다 2.5배 많지만 안내견 수는 14배가량 많다. 안내견 배출 단체도 다양했고, 기업 기부보다 민간 기부가 활성화되어 있는 것도 우리와 다른 점이다. 일본에는 슈퍼마켓에 가도 안내견 모금함을 쉽게 찾아볼 수 있고, 안내견 단체가 운영하는 온라인 몰에서는 안내견 디자인을 활용한 다양한 제품도 구입할 수 있다. 또 일반인들도 원하면 안내견 관련 교육을 받을 수 있었는데 시각장애인을 만났을 때 음식은 시계 방향으로 설명하라는 등 시각장애인과 소통하는 방법에 대해 구체적으로 알려주는 것도 인상 깊었다. 그럼에도 시각장애인 10명 가운데 6명이 대중이용시설에서 출입을 금지당했다는 설문 조사 결과가 나오는 등 개선되어야 할 부분이 많다는 지적이 나온다고 한다.

우리나라의 경우도 예전보다 많이 나아지고 있다. 시각장애인 김예지 의원의 국회의원 당선과 함께 안내견 '조이'가 국회 본회의장을 처음으로 출입하게 되면서 안내견과 함께 공공장소에 출입하고 대중교통을 이용하는 것이 법에 보장된 권리라는 점이 알려지게 됐다. 김 의원은 "안내견은 물건이나 해가 되는 것이 아니고 장애인복지법에 의해 어디든지 들어갈 수 있다는 근거가 있다"며 "다행히 더 많은 국민분들께서 안내견에 대해 알게 돼 감사한 논란"이라고 표현하기도 했다.

2023년 3월에는 시각장애인 허우령 씨가 KBS앵커로 발탁되며 함께 다니는 안내견 '하얀이'도 눈길을 끌었다.

그럼에도 안내견을 단지 '개'라는 이유로 식당이나 대중교통, 대형마트에서 거부하는 사례가 지속적으로 발생하고 있다. 하지만 이슈가 될 때만 반짝 관심이 높아졌다 이내 사그라드는 게 현실이다. 2020년에는 한 대형마트가 안내견 훈련 중인 4개월령 예비 안내견의 입장을 막아 비판이 거셌던 적도 있다.

안내견을 취재하다 보면 안내견학교로부터 안내견이 불쌍하게 비춰지는 게 싫다는 이야기를 듣는다. 생각해 보면 다른 반려견과 달리 시각장애인 파트너가 가는 곳이면 어디든 갈 수 있고 파트너와 함께하는 시간이 길다는 점은 개에게 장점일 수도 있겠다는 생각이 든다. 또 안내견 지도사들은 강압적인 훈련이 아니라 긍정강화 교육을 하며, 안내견들이 놀이로 인식하도록 한다고 말한다.

하지만 안내견에게 필요한 행동을 거부감 없이 잘 받아들이는 개들만 선별한다 해도 결국 사람을 위해 본능을 억제하고 사람이 원하는 행동을 하게 만드는 것 자체가 과연 개에게 좋은 것인지 본질적 의문이 든다. 또 안내견 탄생을 위해서는 10마리 중 7마리의 이른바 '탈락견'이 존재한다.

사람이 하는 일이다 보니 안내견 양성이나 시각장애인들의 생활 과정에서 안내견 복지가 훼손되는 일이 발생하기도 한다. 2022년 말에는 안내견이 된 지 3개월도 안 된 '꽃담이'(당시 2세)가 세상을 떠난 사건이 있었다. 잔디 위에 뿌려진 유박비료를 먹었을 가능성을 의심하고 있지만 정확한 사인은 알 수 없는 상황이다.

안내견이 필요 없다는 얘기를 하는 게 아니다. 시각장애인용 지팡이에만 의존할 때 얻을 수 없는 것이 있다. 안내견은 기계가 아니므로 돌발 상황에도 어느 정도 대처할 수 있다. 예컨대 맨홀 뚜껑이 열려 있거나 엘리베이터가 열렸는데 바닥이 꺼져 있는 등 위험한 상황에서 안내견은 위험성을 느끼고 시각장애인을 인도하지 않을 수 있다. 또 안내견이 시각장애인에게 길을 안내하는 것뿐 아니라 정서적 안정에도 영향을 줄 수 있다고 본다. 안내견이 이렇게 중요한 일을 하고 있기 때문에 지금까지 안내견의 복지가 어느 정도 훼손돼도 감수하고 양성되어 왔을 것이다.

기술이 발전하면 안내견의 역할은 사라지게 될까. 의학이 발전하고 있고 시각장애인을 위한 안경이나 로봇 등의 기술도 개발되고 있다. 안내견을 대신할 기술 발전이 그다지 먼 미래가 아닐 수도 있다. 물론 이들이 안내견과 함께하는 즐거움, 따뜻함까지 채워줄 수는 없을 것이다. 하지만 사람을 위해 안내견을 지금과 같은 방식, 규모로 꼭 유지해야 하는지에 대한 진지한 고민이 있었으면 한다. 또 기술이 안내견을 대신하는 날이 온다 해도 안내견과 시각장애인을 차별하는 문화는 사라져야 한다.

마지막으로 안내견, 예비 안내견, 은퇴견, 탈락견, 이들에게 "고맙다. 고생했다"는 말을 꼭 해주고 싶다.

도축 아니면 꽃마차행, 퇴역 경주마

2022년 초 동물보호단체들이 시민들과 퇴역 경주마를 위해 도축장까지 걷는 행사를 한다는 소식을 들었다. 그때까지만 해도 퇴역 경주마 이슈를 잘 몰랐기 때문에 어떤 내용인지 궁금해 동참하기로 했다.

동물보호단체 활동가, 시민 16명과 제주시 애월읍 경마공원 '렛츠런파크 제주' 앞에서 말 도축장인 제주축산농협 육가공 공장까지 약 8㎞를 걸었다. 이 구간은 경마 경기에서 진 말들이 곧바로 도축장으로 이송되던 옛길이라고 했다. 죽어라 뛰었는데 곧바로 도축행이라니, 이것만으로도 참 잔

인한 일이라 생각했다. 시민들과 함께 걸으며 퇴역 경주마 문제에 대해 얘기할 수 있는 시간을 가질 수도 있었다.

이들은 제주도가 퇴역 경주마를 이용한 대규모 반려동물 사료 공장을 지으려 하자 이에 반대하기 위해 모였다. 제주도의 계획이 알려지면서 동물단체들은 반대 성명을 냈고, 활동가와 시민들은 반대 캠페인을 벌였다. 시민들의 목소리는 다행히 반려동물 사료 공장 계획 철회로 이어졌다. 하지만 복지 사각지대에 있는 경주마들은 여전히 상당수다.

베일에 싸여 있던 퇴역 경주마의 삶은 알면 알수록 비참했다. 시작은 국제 동물보호단체 페타(동물을 윤리적으로 대하려는 사람들, PETA)가 2018년 4월부터 10개월 동안 축협 육가공공장에 위장 취업해 촬영한 영상을 이듬해 5월 공개하면서 드러났다.

2018년 5월 경주마 '승자예찬'(6세)은 다섯 번째 경주에서 부상을 입었다. 승자예찬의 아버지 말은 세계에서 가장 유명한 미국 씨수말 중 하나인 '메다글리아 드 오로'였다. 하지만 출신도 소용

경기 도중 부상을 당한 경주마 '케이프 매직'은 다리에 붕대를 감은 채
바로 도축장으로 보내졌다. (제주비건 제공)

없었다. 승자예찬은 450g당 2만 원에 고기로 팔렸다. 경마 도중 부상을 당한 경주마 '케이프 매직'(5세)은 다리에 붕대를 감은 채 경기가 끝난 지 72시간도 지나지 않아 도축됐다. 말의 수명은 25~35년인데, 국내에서 경주마는 평균 3, 4세에 도축되고 있다. 페타는 경주마들이 사람들에게 폭행당하며 다른 말들이 죽는 장면을 지켜봐야 하는 현실을 폭로하기도 했다.

말 값 자체가 비쌀 거라 생각했기 때문에 설마 은퇴 후 곧장 말고기로 팔려나갈 것으로는 상상하지 못했다. 하지만 경주마가 은퇴 후 홀대받는 데에는 복합적인 이유가 있었다.

마주들에게 중요한 건 우승이며 상금이다. 부상을 당한 경주마는 설사 치료 후 완치된다 해도 경쟁력이 떨어진다. 우승을 하지 못할 것 같으면 마주에게는 더더욱 필요가 없다. 마주에게는 이들을 치료하는 것보다 도축하고 새 말을 사서 경기에 투입해 상금을 따는 게 이득이다. 마주가 가입한 보험금을 받으려면 '경주마 불용' 판단을 받아야 하기 때문에 심지어 말을 더욱 혹사시키는 경우도 있다는 마필 관리사의 얘기도

들을 수 있었다.

이는 그만큼 말을 많이 생산하고 있는 것과도 연관된다. 국내에서는 연평균 1,400마리 정도가 태어나는데 퇴역하는 말 역시 1,400마리에 달하는 것으로 추산된다. 2019년 제주도 내 경주마 실태 폭로에 참여했던 필립 샤인 페타 정책부서 수석 연구이사는 "한국에서는 말을 지나치게 많이 번식시키고 있다"며 "이는 무분별한 번식과 도축의 악순환으로 이어지고 있다"고 지적한 바 있다.

가장 큰 문제는 퇴역 경주마들이 어디로 가는지 파악하지 못하는 데에 있다. 한국마사회 자료에 따르면 2023년 1월 31일 기준 지난 5년간 퇴역 경주마 7,052마리 중 폐사 비율은 안락사를 포함하여 47.9%이고, 소재지·소유자가 파악되지 않는 불명을 포함한 용도 미정 비율은 10.4%에 이른다.

경주마가 퇴역하면 관상용·번식용·승용·교육용 등으로 신고해야 하지만 마주가 이를 지키지 않을 경우에는 마땅한 대안이 없다.

퇴역 경주마의 이력을 제대로 파악하지 못하는 사례는 쉽게 찾을 수 있다. 먼저 2022년 1월

KBS 드라마 〈태종 이방원〉의 제작진이 촬영 현장에서 강제로 쓰러트려 사망한 말 '마리아주'(예명 까미)다.

마리아주는 2019년 2,000만 원에 경주마로 팔린 뒤 2020년 12월, 2021년 2월과 8월 세 번 경주에 출전했지만 한 번도 승리하지 못했다. 1년 6개월간 성적을 내지 못한 마리아주는 곧바로 경기도 말 대여업체에 증여됐고, 3개월 만인 11월 2일 드라마 촬영에 동원됐다 나흘 만에 숨졌다. 마리아주는 경주마로 뛰는 동안 총 54번의 치료를 받았고, 식용 금지 약물인 '페닐부타존'도 여러 차례 투여됐다. 한국마사회 경마정보 심판위원 기록에 따르면 마지막 경기에선 폐출혈 증상을 보였지만 치료를 받는 대신 곧바로 경주마에서 퇴출됐다. 말 산업 정보포털에 원래대로라면 승용으로 등록되어 있어야 하지만 '용도 미정'으로 되어 있었다.

동물단체들이 2022년 8월 폐목장에서 구조한 말들도 말 산업 정보포털에 있는 이력과 달랐다. 네 마리를 발견했으나 두 마리가 사망하면서 두 마리를 구조했는데, 이 중 사망한 말 한 마리와 구조한 말이 퇴역 경주마였다. 구조한 말은 전남

한 승마장의 소유로 되어 있었지만 실제로는 폐목장에 방치돼 있었고, 심지어 함께 구조된 승용마는 이미 폐사 처리된 말로 조회됐다.

2023년 2월에는 경주마에서 은퇴한 '바이킹스톰'이 은퇴 직후 반려동물 사료용으로 도축된 게 확인됐다. 이 역시 말 산업 정보포털에는 승용목적으로 돼 있었지만 실제는 사료제조업체에 팔려 간 것이다. 국제 혈통서까지 있고, 2년 반 동안 다섯 차례나 우승하며 상금으로 2억 원 넘게 벌어들였지만, 은퇴한 말은 마주에게 아무 소용이 없었다.

퇴역 경주마를 승용으로 전환하는 데도 어려움이 있다고 한다. 경주마는 앞만 보고 달리도록 배워왔기 때문에 느긋하게 사람들을 태우는 승용으로 전환하려면 오랜 시간 교육을 시켜야 하는데, 시간과 비용이 드는 일인 만큼 마주도, 승마업체도 나서려 하지 않는다. 물론 경주마 중에서도 질주보다 사람을 따르는 걸 좋아하는 경우도 있다. 이런 경우 경마장에선 퇴출되지만 승용으로 적합해 마리아주처럼 방송에 동원되거나 승마, 꽃마차 말 등으로 활용되기도 한다.

퇴역 경주마 문제 해결을 위한 방안으로는 먼저 경주마의 생산두수를 줄이고, 퇴역 주기를 늘려야 한다는 지적이 나온다. 퇴역 주기를 늘리는 전제조건은 경주마 복지를 위한 철저한 관리다. 단기간에 성과를 내기 위해 망아지 때부터 혹사시키는 경우가 많기 때문에 망아지 시절부터 제대로 된 훈련과 건강관리가 필요하다는 것이다. 동물보호단체와 전문가들은 재교육을 통한 입양을 비롯해 퇴역 경주마를 위한 생크추어리의 필요성도 제기하고 있다.

경주마와 안내견, 탐지견 등 봉사동물이 은퇴 이후에도 적절한 보호와 관리를 받을 수 있도록 하는 동물보호법 개정안이 발의됐다 철회된 일도 있었다. 위성곤 더불어민주당 의원은 2023년 2월 '봉사동물과 경주마 등이 본래 목적으로 이용되지 않더라도 관련 법령이 정한 기준과 방법에 따라 적정한 보호·관리를 통해 복지를 증진하도록 하고, 질병 등의 사유가 있는 경우 해당 동물을 인도적인 방법으로 처리하도록' 하는 내용을 담은 동물보호법 개정안을 발의했는데 한 달 만에 해당 개정안 발의를 철회한 사실이 뒤늦게 확인되기도 했다. 동물단체들은 "경주마 생산자협회의 민원을 이유로 일방적으로 개정안을 철회했다"며 유감의 뜻을 밝혔다. 이후 위 의원은 5월 말 퇴역 경주마 보호관리를 위한 동물보호법 일부개정안을 재발의했다.

경마는 꼭 필요에 의한 게 아니라 단순히 사람들의 오락을 위한 것이다. 이를 위해 수많은 말들을 탄생시키고 또 혹독한 훈련을 시켜 경마에 활용한 뒤 부상을 당하거나 나이가 들어 은퇴하면 바로 안락사하거나 다른 동물용 사료로 도축하는 일을 지속해야 할까. 경마를 하지 않으면 가장 좋겠지만 현실적으로 어렵다고 한다면 최소한 이에 동원하는 말의 안전과 복지는 보장돼야 한다.

채식을 '노력'합니다

어릴 때부터 치킨을 좋아했다. 혼자 후라이드, 양념치킨 반반을 사서 만족스럽게 먹었던 일도 떠오른다. 대학 때는 프랜차이즈 치킨 매장 마니아였다. 지금도 남편은 "대학 다닐 때 파OOO에서 잘 먹었지 않느냐"며 지겹도록 옛일을 얘기한다. 친구들과도 종종 프랜차이즈 치킨 매장에서 치킨과 비스킷을 먹었다. 비교적 저렴한 가격에 식당 주인 눈치 없이 장시간 떠들 수 있는 장소이기도 했다.

이러한 식습관은 대학 졸업 후 2003년 반려견 꿀꿀이를 데려오면서 바뀌게 됐다. 당시에는 아무 정보도 없이 개를 기르기 시작했지만 꿀꿀이를 향한 애정은 깊어졌다. 그러면서 자연스럽게 다른 동물을 바라보는 시선이 바뀌게 됐다.

꿀꿀이를 데려온 후 얼마 지나지 않아 신문사에 취직을 했다. 직업상 많은 사람들을 만났고, 그럴 때마다 점심, 저녁 자리를 가졌다. 사내 회식, 기자간담회 등 모임도 많았다. 사내 회식은 삼겹살 등 고기를 먹으러 가는 경우가 대부분이었다. 당시 기자간담회는 점심식사를 겸하는 경우가 많았는데 메뉴 대부분은 스테이크였다. 그때까지만해도 별생각 없이 고기를 먹었다.

하지만 어느 순간 이 고기가 식탁 위에 오르기까지 어떤 과정을 거치게 되는지 생각해보게 됐다. 수많은 사람들이 마트에서 비닐랩에 쌓인 채 진열된 고깃덩이를 만나지만 나를 포함, 실제 농장에서 사는 동물들이 도축되는 과정을 본 소비자들은 많지 않을 것이라는 생각이 들었다.

앞서 언급한 대로 산란계는 좁은 공간에 갇혀 달걀만 낳고, 육계 역시 공장식 축산에서 길러지며 생후 30일 안팎에 도축된다. 닭의 자연 수명이 평균 10년이라고 하니 우리는 왕 병아리를 먹고 있는 셈이다.

돼지는 또 어떤가. 취재를 위해 동물복지 축산농장에 가서 엄마 돼지와 새끼를 본 적이 있을 뿐 대부분의 돼지가 길러지는 공장식 축산농장은 가본 적이 없다. '돼지 공장'을 찾은 황윤 다큐멘터리 감독에 따르면 "햇빛도 바람도 들지 않는 무창돈사에서 돼지들이 유전자조작(GMO) 사료를 먹고 약물을 투여받으며 밀집사육된다. 특히 어미돼지는 자신의 몸과 거의 같은 크기의 스툴에 갇혀 살며 정액주사를 맞아 임신을 하고, 분만유도제를 맞으면서 새끼를 낳는다"고 묘사한다.

너무나 열악한 상황에서 길러지는 것을 안 이상 고기를 먹는 게 불편해졌다. 하지만 당시 어린 연차의 기자였기 때문에, 또 '괜히 티 낸다'는 주변 반응이 걱정됐던 것도 사실이다. 이럴 때 고기를 먹지 않게 된 하나의 계기가 된 일이 있었다. 2007년 여름 5년 차 기자 시절 당시 다니던 신문사 편집국장과 서울의 수육과 설렁탕으로 유명한 한식당에 갔다. 다른 메뉴는 아예 없었다. 그때 무슨 생각이었는지 "저는 고기를 안 먹습니다"라고 얘길 하고 깍두기에 맨밥을 먹었다. 회사 상사와의 식사자리에서 '안 먹는다'고 말할 수 있다면 앞으로 다른 업무상 자리에서도 당당히 얘기할 수 있다는 자신감이 생겼다.

나는 완벽한 채식주의자는 아니다. 고기는 안 먹었지만 초반에는 햄을 도저히 끊을 수가 없었다. 지금도 사람들이 많은 자리, 누군가 열심히 싸준 김밥 속 햄은 뺄 때도 있지만 빼지 않고 그냥 먹기도 한다. 굳이 사람들 많은 곳에서 골라내는 모습을 보이고 싶지 않을 때도 있다. 초코파이나 젤리 속 젤라틴, 라면 스프 안에 든 고기분말 등도 참기 어려웠다. 요즘에는 비건 초코파이, 젤리, 라면 등도 많이 나오기 때문에 되도록이면 비건 제품을 사서 먹으려 노력하고 있다.

유제품 역시 끊기가 어려운 것 중 하나다. 특히 빵에는 우유, 버터 등 유제품과 달걀이 들어간다. 삼시세끼 빵을 먹을 수 있을 정도로 빵을 사랑하는 내가 빵을 끊기는 불가능에 가깝다. 치즈가 듬뿍 올라간 피자도 좋아하는 음식 중 하나다. 하지만 빵에 들어가는 우유를 생산하기 위해서는 끊임없이 송아지가 태어나야 한다는 점을 떠올린다. 송아지가 먹어야 할 우유를 사람이 대신 먹고 있는 것이다. 최근에는 비건 빵집과 커피 브랜드에서 우유 대신 두유, 귀리음료, 아몬드음료를 제공하는 곳이 많아져 가능하면 비건 옵션을 선택하려 한다.

2021년까지는 해산물을 먹으면서도 크게 죄책감을 느끼진 않았다. 사람들이 먹고 안 먹고의 기준을 물어보면 "사람을 알아보는지 여부"라고 대답했었다. 생선은 밀집사육과는 거리가 멀어 보이기도 했다.

하지만 다큐멘터리 〈씨스피라시〉를 보고는 생각이 바뀌었다. 참다랑어를 잡는 데 부수어획으로 돌고래들이 희생되는 등 대규모 어획에는 보호해야 할 고래, 상어, 바다거북이 함께 딸려 온다는 사실을 알게 됐다. 양식장 연어 역시 지나치게 빠른 성장 등으로 장애를 앓고 있고, 분홍빛은 색소를 첨가해야 나온다는 것도 알게 되면서 해산물 역시 마음껏 먹기 어렵게 됐다.

'이런 게 무슨 채식이냐' 하는 사람이 있을지 모른다. 인정한다. 때문에 나는 어디 가서 채식주의자라거나 비건이라고 말하지 않는다. 대신 채식을 지향한다고 한다. 완벽한 비건 한 명보다 비건을 지향하는 사람 열 명이 동물과 환경에 낫다는 애기도 있지 않은가. 사실 처음부터 너무 엄격하게 지키려 했다면 지금까지 채식지향 습관을 이어오지 못했을 수도 있다는 생각이다.

채식을 지향하는 데 또 고려해야 할 점이 있다면 다른 사람들의 시선이다. 식사 메뉴를 정할 때 만나는 사람마다 '고기를 먹지 않는다'고 이야기해야 했다. 하지만 전보다 문화가 달라져서인지 색안경을 끼고 보는 느낌은 받지 못했다. 회식 때 배려를 해주는 사람도 있었고, 그냥 원래대로 고깃집을 가는 자리도 있었다. 배려를 해주면 해주는 대로 좋았고, 원래대로 가도 내가 먹을 것을 챙겨 가면서 자리에 영향을 주지 않은 것 같아 좋았다.

회사의 한 선배는 '여전히 굶는 사람이 많다', '고기 못 먹는 사람도 많은데 저렴하게 공급해야 하지 않냐'는 얘길 한 적이 있다. 그렇다고 동물의 희생을 기반으로 한 밀집사육 방식이 정당화될 수는 없다.

밀집사육 방식은 결국 사람에게도 영향을 미친다. 대량사육을 위해 투여된 항생제는 체내에

남게 되며, 면역력 약화로 이어져 결국 조류인플루엔자, 아프리카돼지열병(ASF) 등에 취약하도록 만든다. 전염병에 걸렸거나, 전염병이 발생한 농장 주변의 농장동물들은 살처분 또는 예방적 살처분을 당한다. 농가들은 정부로부터 보상을 받고 또다시 그 자리에서 동물을 기르는 게 반복되어 왔다.

앞서 말했듯 국내에서도 동물복지인증 농장들이 속속 생기고 있다. 정부는 동물이 본래 습성을 유지하면서 살 수 있도록 관리하는 축산농장 인증제를 산란계(2012년), 양돈(2013년), 육계(2014년)로 확대하며 도입했다. 동물복지 축산농장은 아직 활성화하지 않았지만 희망적인 건 최근 대기업 등 식품업체들이 식물성 고기 등을 내세우며 비건 제품을 대거 출시하고 있고, MZ세대를 포함한 젊은 세대층의 관심을 끌고 있다는 점이다. 캔형태의 비건 햄도 일반 햄 맛 못지않다. 얼마 전에는 끊지 못하는 믹스커피의 비건 상품을 찾아 정말 기뻤는데 한 대기업이 완두를 이용해 만든 팩형태의 비건 커피였다. 비건 참치 등 대체 해산물 식품도 편의점이나 마트에서 구입할 수 있다.

모두가 당장 채식을 하자고 주장하는 건 아니다. 하지만 최소한 식탁 위에 오른 음식들, 특히 동물로부터 얻은 음식들이 어떤 과정을 거쳤는지 알 필요는 있다. 또 상품을 고를 때 동물복지인증을 받은 제품을 고르는 것도, 일주일에 한 번이라도 조금씩 고기 소비를 줄여나가는 것도 동물복지를 높이는 데 도움이 된다. 우리의 선택이 동물의 삶을 변화시킬 수 있다.

나의 반려견 '가락이'와 '가람이'

2014년 추석 명절, 부산을 방문했을 당시 북구의 한 주택가에서 거리를 배회하던 작은 개를 발견했다. 뒤를 쫓으니 지나가는 사람들을 쫓아가다 멈추고, 보이는 집마다 들어갔다 나오기를 반복하는 모습이었다. 길 위에 고인 물을 마시기도 했다. 처음에는 줄을 풀어 키우는 개라 놔두면 집에 찾아갈 수 있겠지 생각했지만 뒤를 쫓다 보니 교통사고라도 당하면 어쩌나 걱정이 앞섰다.

당시에는 유기견을 발견하면 어디에 신고를 해야 하는지, 또 보호소에서는 유기동물들을 어떻게 관리하는지 알지 못했다. 알고 지내던 동물보호단체 활동가에게 도움을 요청하자 보호자를 찾아주는 게 먼저기 때문에 구청에 신고해야 한다는 얘길 들었다.

구청에 신고하고, 직원이 도착하기를 기다리는 동안 이동하는 개의 뒤를 계속 쫓았다. 개는 가람중학교 운동장으로 들어갔고, 개를 부르기 위해 급한 대로 '가람이'라고 이름을 불렀다. 개는 자기랑 놀아준다고 생각을 했는지 운동장을 돌아다니며 잡으려는 손길을 피해 다녔지만 그렇다고 운동장을 벗어나진 않았다.

명절 기간 동안 당직을 서던 구청 직원이 작고 낡은 케이지를 들고 운동장에 도착했다. 놀라웠던 건 직원이 개를 잡아본 적이 없다며 내게 개를 잡아달라고 부탁을 한 것이다. 가람이와 실랑이 끝에 40분가량이 지나서야 겨우 잡아 케이지 안에 넣을 수 있었다. 당시 기록을 찾아보니 가람이가 도망가지 않은 것도 신기하고 또 워낙 순한 성격이라 가능했던 것 같다고 적어 놓았다.

가람이는 이후 지자체 보호소로 옮겨졌다. 하지만 당시 북구 보호소의 유기동물 사망률은 45%나 됐다. 두 마리 중 한 마리는 보호소에서 세상을 떠난다는 뜻이었다. 관리가 제대로 이뤄지지 않아 그 안에서 사망하는 수가 많을 수도 있고, 입양이 이뤄지지 않아 안락사되는 수가 많았을 가능성도 있었다. 또 복합적일 수도 있다는 생각이 들지만 정확한 원인은 파악하지 못했다.

이유를 막론하고 당시 걱정과 후회를 했던 게 기억이 난다. 보호소에서 잘못되면 어떡하나, 그냥 거리를 배회하게 두는 게 차라리 나았을지도 모른다는 생각을 했었다. 열흘간의 공고기간 동안 예상대로 보호자는 나타나지 않았고, 보호소는 구조자인 내가 가람이를 데리고 나갈 수 있도록 해줬다. 보호소는 사람들이 쉽게 찾아가기 어려운 위치에 있었고, 개를 내보내면서도 입양하려는 사람이 어떤 사람인지 확인조차 하지 않았다. 지금 와서 생각해보면 이 점을 악용하려 마음먹은 사람이 있다면 얼마든지 악용할 수 있었을 것 같다.

가람이와 함께 데리고 나온 개가 있었다. 가람이가 보호소에서 지내는 열흘 동안 동물보호관리시스템(APMS)을 들락거리며 가람이의 상태를 살폈는데, 가람이 공고 옆 슬퍼 보이는 눈의 3개월

짜리 백구가 눈에 띄었다. 가람이를 데리러 갔을 때 가람이 공고 옆 강아지를 한번 보고 싶다고 얘기하자 보호소 직원이 강아지를 품에 안겨 주었다. 너무 애절한 눈빛이라 외면할 수가 없어 충동적으로 그 강아지까지 데리고 나왔다. 가락대로에 있는 보호소 출신이라 가락이라는 이름을 지어주었다. 사실 책임감도 없고 무모한 행동이었다.

당시 알고 지내던 동물단체에 부탁을 하자 가람이는 맡아줄 수 있다고 했지만 둘은 어렵다고 했다. 더욱이 둘을 동물병원으로 데려가 검사를 해보니 가락이는 파보장염에 걸린 상태였다. 둘을 한 케이지에 넣고 이동해 가람이도 전염됐을까 염려했지만 가람이는 다행히 건강했다. 가람이는 동물단체로 보냈고, 가락이는 그 길로 서울로 데려와 치료를 시작했다.

가락이는 거의 한 달간 병원 신세를 졌다. 병원비도 상당했다. 병원에서 가락이가 살기 어려울 수도 있다는 얘길 듣고 너무 마음이 아팠다. 아픈 와중에도 병원 입원장 속에서 사람을 향해 꼬리를 흔들던 가락이 모습이 아직도 기억난다. 가락이는 결국 병을 이겨냈고, 그때부터 가락이 입양가족

찾기에 나섰다.

가락이는 날이 갈수록 쑥쑥 자랐다. 병원에서
는 처음에는 얼마나 자랄지 알 수 없다고 했지만
4~5개월 정도 지나자 10kg 미만으로 자랄 것 같
다고 했다. 당시 기르던 꿀꿀이는 사회성이 부족
해 다른 개와 지내기 힘들어했고, 특히 에너지가
넘쳤던 가락이를 보면 도망 다니기 바빴다. 함께
돌볼 수 없어 가락이를 아빠 집에 맡긴 뒤 입양처
를 알아봤지만 쉽게 나타나지 않았다. 한 지인이
아는 식당에서 기르고 싶어 한다는 얘길 전해 주
었지만 선뜻 보내기가 어려웠다. 입양 보낸 뒤 연
락이 끊기는 가장 많은 사례가 지인의 지인에게
보내는 경우라는 얘길 들었고, 또 실내에서 제대
로 기를 것 같지 않아서였다. 결국 가락이는 아빠
의 반려견이 됐다.

2019년 꿀꿀이가 세상을 떠나고 아빠도 가락
이도 나이가 들면서 2021년부터 가락이를 집으
로 데려와 기르기 시작했다. 주말마다 만나고 또
산책도 자주 다녀서였는지 가락이는 금방 새로운
환경에 적응했다.

꿀꿀이, 가락이를 기르면서도 가람이는 계속

마음에 걸렸다. 보호단체로 보낸 이후 지속적으로 안부를 묻고, 또 찾아가서 만나기도 하고, 선물을 챙겨 보내기도 했지만 8년이 지나도록 집밥 한번 먹지 못한 가람이가 안쓰럽고 또 미안했다. 더 이상은 미룰 수 없다는 생각에 2022년 8월 말 가람이를 임시보호하기로 결정했다. 가락이가 가람이를 어떻게 받아들일지 알 수 없었고, 또 가람이가 새 환경에서 어떻게 지낼지 모르는 상황이라 섣불리 입양을 결정할 수 없었다. 다만 시도라도 해보자는 마음이었다.

개를 오래 키웠지만 새로운 개를 키우는 것, 또 기존에 살던 개와 함께 살게 하는 건 또 다른 문제였다. 가람이는 집에 오자마자 자기집인 양 여기저기 드러눕고 잠을 자면서 적응하는 듯했지만 분리불안이 있었고, 또 가락이를 경계하는 모습을 보이기도 했다. 당시 지인들에게 조언도 많이 구하고, 유튜브 영상도 찾아보면서 가람이와 가락이가 적응하도록 노력했다. 처음에는 모든 것이 어려웠지만 시간이 지나자 점점 나도, 가락이, 가람이도 새로운 환경에 적응하는 걸 느낄 수 있었다.

데면데면하지만 서로를 인정하면서 함께 살고 있는 '가락이'와 '가람이'.

둘은 8년 만의 재회임을 알았을까. 너무 짧은 시간이라 모를 가능성이 높지만 둘의 인연이 깊은 건 확실하다. 지금은 가락이, 가람이 형제에게 '가가 브라더스'라는 애칭도 만들어 부르는데, 둘은 데면데면하지만 나름 잘 지낸다.

'사지 마세요, 입양하세요'라는 문구는 누구나 한 번쯤 보거나 들어봤을 것 같다. 이제 펫숍에서 동물을 물건처럼 사 오는 게 잘못된 일임을, 유기동물을 입양하는 게 낫다고 생각하는 이들은 많아졌다. 하지만 어리고 예쁜 품종견을 선호하는 문화는 여전한 것 같다. 보호소에 선호하는 품종견이 들어오면 줄을 서서 데려가는 경우도 있다지만 믹스견이거나 조금만 덩치가 있는 개들은 입양처를 찾기 어렵다.

동물을 입양하려는 이들로부터 어디서 입양해야 하는지에 대한 질문을 많이 받는다. 지자체 보호소 공고를 보고 입양하는 것도 너무 좋지만 현실적으로 초보 예비 반려인들에게는 동물보호단체에 연락하길 권한다. 동물보호단체 가운데는 구조해 온 동물을 보호하며 입양을 보내는 곳도, 지자체 보호소에서 안락사 위기에 처한 동물을 데려와 돌보는 곳도 있다. 동물보호단체는 해당 개나 고양이에 대한 신체적 특성이나 성격을 이미 알고 있기 때문에 예비 입양자의 생활패턴 등과 맞는지도 함께 고민할 수 있다. 또 입양자가 좀 더 세심하게 신경 써야 할 점 등을 파악하고 동물을 데려올 수도 있다.

평소 동물단체에서 봉사를 하는 것도 추천한다. 당장 동물을 기를 상황이 안 되는 사람들도 동물과 함께 시간을 보낼 수 있다. 또 입양을 고려하는 사람이라면 봉사를 하면서 동물에 대해 자세히 알 수 있고 정이 들거나 마음이 가는 동물을 만나는 기회가 될 수도 있다.

얼마 전 SNS에서 '새로운 동물을 가족으로 맞으려면 이런 걸 감수해야 한다'는 리스트를 본 적이 있다. 여행을 가기 어렵고, 퇴근 시간이 빨라지고, 병원비도 많이 들고, 산책을 나가야 하며, 털 날림 등으로 검정색 옷을 입기 어렵다는 등 현실적인 어려움이 담겨 있었다. 동물을 입양한다는 것은 생활 패턴 자체를 바꿔야 하는 일이기 때문에 쉽게 결정해선 안 된다. 하지만 이 모든 걸 감수하고 사람들이 동물을 가족으로 맞이하는 건

그만큼 그들이 존재만으로 우리에게 주는 기쁨이
커서일 것이다.

반려동물의 죽음이 우리에게 남긴 것

　반려동물을 기르기 전, 또 기르면서 우려되는 점 중 하나를 꼽으라면 언젠가는 반려동물을 떠나보내야 한다는 것이다. 반려동물이 나이가 들면서, 또 나이 든 반려동물을 가족으로 맞이할 경우 남은 시간은 더 애틋하게 느껴진다.

　하지만 아무리 마음먹고 노력한다고 해도 이를 대비한다는 건 사실상 불가능하다. 그럼에도 언젠가의 이별을 떠올리는 건 주어진 하루하루를 함께 즐겁게 살아가게 하는 자극제가 되기도 하는 것 같다.

　2019년 9월 23일 오후 5시 30분. 일본 도쿄에서 연수를 하던 중 16년 7개월을 함께 살던 첫 반려견 '꿀꿀이'를 보냈다. 시간이 지날수록 기억과 감정이 흐릿해지고 있지만 하나는 분명하다. '살면서 이처럼 힘든 일이 있을까'라는 생각이 들었던 것이다. 내 경우 꿀꿀이를 보낸 다음도 그랬지만 보내기 전이 더 힘들었다.

꿀꿀이를 보내기 전 꿀꿀이가 없는 삶이 어떨지 상상조차 할 수 없었다. 어떻게 버틸 수 있을지, 얼마나 힘들지에 대한 두려움도 컸던 것 같다. 정신적으로 힘들었지만 신체적으로도 힘들었다. 꿀꿀이가 떠나기 전 마지막 한 달가량은 밤마다 2, 3시간 간격으로 일어나 방 안을 빙글빙글 돌고 때때로 경련을 일으켜 잠을 자기 어려웠다.

셀 수 없는 약을 시간 간격을 두고 먹여야 했고, 피하 수액 주사를 아침 저녁으로 맞게 해야 했다. 이 역시 그나마 꿀꿀이가 수더분한 성격에 먹는 것을 너무 좋아했기 때문에 가능했던 일로 지금도 감사히 생각하고 있다. 그럼에도 아침, 저녁으로 모든 처치를 하는 데 5~6시간이 걸렸다. 당시 한국에 있던 수의사에게 "얼마나 더 해야 할까요"라고 묻기도 했다. 그만큼 병수발은 사람을 지치게 했다.

꿀꿀이의 곁을 지키며 당시로서는 최선을 다하기 위해 노력했다고 위안하지만 어려웠던 점은 꿀꿀이가 스스로 뭘 원하는지 말을 할 수 없기에 다가오는 모든 선택을 나와 남편이 대신 해야 했다는 점이다.

지금까지 살면서 가까운 존재를 떠나보낸 건 꿀꿀이가 처음이었다. 반려동물의 죽음이 반려인에게 힘들게 다가오는 건 아마 말 못 하는 동물을 위한 모든 선택을 사람이 대신 결정해야 한다는 점, 그리고 한 생명의 생로병사를 오롯이 보게 된다는 점 때문인 것 같다.

반려동물의 죽음은 각자 다른 방식으로 다가오겠지만 그럼에도 공통점이 있는 것 같다. 반려동물의 죽음이 인생의 축소판 같다는 내용은 풀리처상을 받은 취재기자와 사진기자가 쓴 『노견만세』라는 책에서도 확인할 수 있다. 이들은 노견과 함께 사는 600가구를 방문해 60가족을 추린후 반려견 이야기와 사진을 책에 담았다. 이들은 "강아지가 노견이 될 때까지, 반려견이 나이 먹는 것을 지켜보는 일은 자신의 삶의 축소판을 지켜보는 일과 같다"며 "우리 할머니, 할아버지가 그랬던 것처럼, 우리도 언젠가 분명히 맞이하게 될 그 날은 온다"고 했다.

일본 시단을 대표하는 여성 시인 이토 히로미(伊藤比呂美)가 반려견과의 마지막 2년을 기록한 『개의 마음』도 기억에 남는다. 그는 나이가 들면서 차에 오르는 것도, 산책하는 것도 힘들어지고 급기야는 배변도 제대로 가리지 못하는 열네 살 저먼 셰퍼드 종 '다케'를 정성껏 돌본다. 그는 다케를 돌보는 과정에서 87세에 숨을 거둔 아버지의 말년 모습을 떠올린다. 작가는 세상을 떠나기 이틀 전 아버지를 부축해 용변을 보게 하고 엉덩이를 닦아 주며 아버지와의 관계가 한 차원 올라간 느낌마저 들었다고 했다. 작가는 다케의 경우 14년간 똥오줌을 받아왔지만 설사 뒤처리만큼은 힘들다고 토로한다. 대형견 병수발이 얼마나 힘들었을지 간접적으로나마 알 수 있었다.

반려동물이 서서히 나이 들어 죽음을 맞이하는 것, 또 투병을 하며 함께 시간을 보내는 것은 힘든 시간이지만 이는 우리도 모르는 사이 그들을 떠나보내는 준비를 하게 만드는 과정 중 하나

일지 모른다. 죽음이 가까워 왔음을 느끼며 남은 시간을 더욱 소중하게, 또 각자 나름대로 최선을 다해 함께 보내기 위한 노력을 할 수 있도록 해주는 것 같다.

동물을 입양하는 것, 키우는 것에는 동물을 잘 보내주는 법까지 포함되어 있다. 이는 반려동물을 위해서뿐만 아니라 남겨진 이들을 위해서도 꼭 필요하다.

꿀꿀이를 타지에서 떠나보냈기에 반려동물 장례를 준비하는 건 쉽지 않았다. 사람과 같은 방식으로 불교식 반려동물 장례를 치를 수 있다며 다니던 동물병원 수의사가 추천해준 곳으로 정했다. 불교도는 아니었지만 그렇다고 다른 대안도 없었다.

하지만 꿀꿀이를 화장하기 전, 추모하면서 들었던 스님의 독경은 지금 생각해도 나를 울컥하게 한다. 정확히 알아들을 순 없었지만 함께해 준 일본인 친구 어머님에 따르면 살아 있는 동안의 관계를 잊고 고이 잠들라는 내용이었다. 비용이나 종교를 떠나 나와 남편, 그리고 꿀꿀이를 아는 친구의 어머님과 함께 향에 불을 피우고 꿀꿀이

2019년 무지개다리를 건넌 반려견 '꿀꿀이'.

를 위해 기도하는 시간을 충분히 가진 것만으로
도 큰 위안이 됐다.

꿀꿀이를 보낸 뒤 느꼈던 깊은 슬픔은 시간이
지나면서 무뎌지긴 했다. 하지만 지금 이 글을 쓰
는 동안에도 실은 눈물을 훔쳤다. 반려동물은 떠
난 뒤에도 우리에게 영향을 미친다. 추억하고 그
리워하는 것뿐 아니라 꿀꿀이를 만나고 떠나보내
면서 겪었던 모든 경험은 삶의 방식에도 영향을
미치고 있다.

반려동물을 떠나보내고 상심하는 이들이 늘
면서 펫로스라는 용어도 생겼다. 키우던 반려동물
이 죽었을 때 사람에게 나타나는 슬픔과 우울증
등의 정신적 어려움을 뜻한다. 예전보다 나아지긴
했지만 여전히 관련 정보가 부족하고, 서로의 슬
픔을 나눌 수 있는 공간이나 기회가 부족한 것도
사실이다.

꿀꿀이 장례를 치르고 난 뒤 도쿄 도심 하라
주쿠(原宿)에 있는 '펫로스' 카페를 방문한 적이
있다. 누구에게도 방해받지 않고 카페 내 공간에
서 차를 마시며 반려동물을 추억해도 되고, 카페
직원과 이야기를 나눌 수도 있었다. 서툰 일본어

지만 꿀꿀이 얘기를 마음껏 해도 된다는 안도감 때문이었는지 직원에게 꿀꿀이 사진도 보여주고, 그간 과정을 이야기하며 시간을 보냈다. 다른 반려인들과 관련 물품을 만들며 교류할 수 있는 프로그램도 있었다. 물품 판매도 하기 때문에 상업성이 완전히 배제됐다고 보기는 어려웠지만 떠나간 반려동물을 추억하고 싶을 때 갈 수 있는 공간이 있는 것만으로도 부러웠다.

2022년 가을에는 성공회대와 교회 세 곳이 공동으로 주관한 반려동물 축복식에 다녀왔다. 살아 있는 동물뿐 아니라 무지개다리를 건넌 동물까지 축복해주는 행사였다.

현장에 온 동물은 성직자로부터 한 마리씩 축복을 받을 수 있었고 무지개다리를 건넜거나 당일 참석하지 못한 동물은 관련 물품과 이름표를 탁자 위에 올려놓으면 성직자가 한 마리씩 이름을 불러주며 공동으로 축복을 받을 수 있었다. 꿀꿀이 사진은 가져갔지만 이름표를 미리 내지 못해 성직자에게 부탁해 나중에 꿀꿀이만을 위해 따로 또 축복을 받았는데 이때 눈물이 왈칵 쏟아졌다. 함께 데려가지 못한 가람이는 목보호대를, 가락이는 이름표를 가져가 각각 축복을 받았다.

반려인들은 자신의 반려동물만이 아니라 새로 태어난 동물과 입양한 동물, 아픈 동물, 학대당한 동물, 동물보호소에 있는 동물을 위해 기도하는 시간을 가졌다. '인간이 동물보다 우월하지 않다', '우리는 동물을 통해 많은 것을 배운다'는 설교에도 공감이 갔다. 다녀오고 난 뒤 꿀꿀이를 추억하고, 또 다른 동물들을 위하는 마음까지 갖게 한 시간이 소중하게 느껴졌다.

반려동물을 기르고 또 떠나보내며 알게 된 건 사람의 소중함이다. 어려운 선택의 순간에서, 또 꿀꿀이를 보내기 전후 힘이 되어준 건 함께 고민하고 이야기해준 사람들이다. 반려동물을 먼저 떠나보낸 이들의 조언, 또 온라인에 올라온 경험담, 노령동물과 함께한 이야기를 다룬 책과 웹툰은 많은 위로가 됐다. 그때 가졌던 고마운 마음은 지금도 잊지 않고 있다. 매년 꿀꿀이 기일이 되면 당시 함께해줬던 분들께 감사 인사를 전하고 있다.

꿀꿀이는 내게 한 생명의 성장을 지켜보는 기쁨을, 생명을 돌봐야 하는 책임감을, 그리고 나도 유한한 시간 속에서 살고 있다는 것까지 다시금

깨닫게 했다. 또 세상은 혼자 살아갈 수 없음을
알게 해줬다. 꿀꿀이는 살아 있는 동안 또 떠나간
후에도 나를 성장시키고 있다.

체험동물원으로 팔려갈 뻔한
침팬지 남매

2022년 3월 국내에서 가장 큰 공영동물원인 서울대공원이 동물쇼를 하는 인도네시아의 타만 사파리로 국제적 멸종위기종 침팬지를 반출하려 한다는 제보를 받았다. 동물원 간 동물을 교환하거나 거래하는 것 자체를 문제 삼기는 어려웠지만 서울대공원의 반출 시도에는 여러 문제가 있었다. 먼저 국제 인증 규정 위반일 가능성이 있었다. 이에 더해 필요 없어지면 바로 유기하듯 동물을 '처분'하는 행태는 충분히 비판받을 만했다. 더욱이 서울대공원의 이 같은 동물 처분 행태는 처음이 아니었다.

서울대공원은 2021년 초부터 침팬지 광복이 (14세)와 관순이(11세)를 인도네시아의 타만 사파리로 반출하기 위한 작업을 해왔다. 침팬지는 1973년 체결된 멸종위기에 처한 동식물 교역에 관한 국제협약(사이테스, CITES) 부속서에 등재된 멸종위기종이다. 이런 침팬지를 다른 동물원에 보내려는 이유는 사육공간이 부족한 데다 비순혈 개체로 유전적 보전가치가 낮다고 보고 있어서였다. 서울대공원은 이들을 관람객에게 공개하지 않는 비전시 방사장과 내실에서만 관리하고 있었다.

광복이와 관순이는 어릴 적 TV에도 등장한 스타였다. 어리고 귀여운 외모일 때 여러 매체에 등장하며 반짝 '소비'됐지만 나이 든 이후 이른바 순혈 개체들과 합사하기 어려워지면서 좁은 비전시 방사장과 내실에서만 지내야 하는 신세가 됐다. 이마저도 서러운데 동물쇼를 하는 동물원으로 팔려 가야 하는 처지가 된 것이다.

광복이, 관순이 반출은 서울대공원이 2019년 획득한 세계 최고 수준의 동물원 인증 기준인 미국동물원수족관협회(AZA) 규정 위반이라는 게 동물단체들의 주장이었다. AZA 규정에 따르면 AZA 인증 기관은 동물 반출 시 AZA 인증 기관으로의 양도를 우선으로 하고, AZA 인증을 받지 않은 기관으로 양도할 때는 동물을 적절히 보호할 자격이 없는 곳으로 양도해서는 안 된다.

서울대공원이 광복이, 관순이를 보내려 했던 타만 사파리는 AZA 인증을 받은 곳이 아니었다. 더욱이 현지 동물보호단체가 홈페이지를 통해 해당 동물원이 '동물을 쇼에 동원하고, 본래 습성에 반하는 행동을 하게 한다'고 비판하며 해당 동물원 방문 자제를 권고한 곳이었다. 영국 동물보호단체 본프리재단도 해당 동물원의 동물학대 실태를 폭로한 바 있다. 이들은 이 동물원 사육사들이 코끼리쇼 도중 날카로운 도구를 사용한 행위를 적발한 바 있다.

서울대공원은 해당 동물원의 침팬지 방사장이 현재 광복, 관순이가 지내는 시설보다 낫다는 점과 혈통갱신, 보전, 교육의 목적으로 반입하며 동물쇼에 동원하지 않겠다는 해당 동물원의 입장을 확인했다는 점을 들며 광복이, 관순이의 반출 계획을 굽히지 않았다.

하지만 이 둘을 쇼에만 동원하지 않으면 정말 괜찮은 것일까 의문이 들었다. 아무리 기후환경이 좋다 해도 동물을 대하는 건 결국 운영자와 관람객이다. 동물을 쇼와 체험에 동원하는 운영자, 쇼와 체험을 위해 해당 동물원을 찾은 관람객들로부터 동물을 존중하는 태도와 관람 매너를 기대하기는 어렵다.

더욱이 혈통갱신, 보전의 목적은 다시 말해 광복이, 관순이가 번식에 동원될 수 있음을 의미했다. 지금도 비순혈 개체라는 이유로 서울대공원에서 반출되는 상황인데, 이들이 번식에 동원돼 낳은 개체들도 이른바 '보전'이라는 이름 아래 보호받을 가능성은 낮았다. 다 떠나서 동물원에서 태어나 평생을 갇힌 공간에 살아야 하는 제2의 광복이, 관순이를 또 탄생시키는 것 역시 바람직하다고 볼 수 없었다. 더욱이 이들이 광복이, 관순이를 쇼에 동원하지 않는다고 약속했지만 나중에 쇼를 하는 다른 동물시설로 보내도 서울대공원은 어쩔 도리가 없었다.

기사가 나가고 동물단체들은 공동 성명을 통해 침팬지 반출 계획을 중단하고 재발방지를 위해 동물 양도에 대한 기준을 수립해 공개할 것을 서울대공원에 요구했다. 하지만 서울대공원은 현실적 어려움을 토로하며 반출 의지를 굽히지 않았다.

그렇다고 포기할 수는 없었다. 동물단체들은 서울대공원에 침팬지 반출을 막아달라는 민원 캠페인을 벌였고, 서울대공원을 규탄하는 국민청원까지 등장했다. 나 역시 '서울대공원, 국내 대표 동물원 자격 있나', '서울대공원이 '잉여' 동물을 처리하는 법'을 잇따라 보도하면서 서울대공원의 침팬지 반출 문제점을 지속적으로 제기했다.

사실 침팬지뿐 아니라 서울대공원의 전반적인 동물 반출 관행에 문제가 있었다. 서울대공원은 2019년 광복이와 관순이, '벌거숭이두더지쥐'라고도 불리는 네이키드 몰렛 8마리를 반출하는 대신 벨라루스의 동물원으로부터 아드바크 2마리를 반입하는 내용의 계약을 체결했다. 네이키드 몰렛은 어디로 반출됐는지 파악조차 되지 않았다. 계약은 한 동물매매 중개업체를 통해 이뤄졌다.

서울대공원은 이처럼 제대로 된 검증 없이 상업적 목적으로 운영되는 동물매매 중개업체에 동물 반출입을 의존해왔다. 2019년 국제적 멸종위기종인 알락꼬리여우원숭이 21마리를 대구와 부산 체험동물원에 보낸 거래 역시 동물매매 중개업체에 의존한 결과였다.

2019~2021년 동안 서울대공원의 동물 반출입 현황을 보면 서울대공원이 기증, 임대, 교환을 통해 동물을 보낸 63곳 중 26곳이 만지기, 먹이주기 등 체험을 한다고 공공연히 밝힌 동물원이었다.

첫 보도가 나가고 한 달 반 뒤 서울대공원이 입장의 변화를 보였다. 동물매매 중개업체에 의존하는 관행을 깨고 복지 수준이 낮은 동물원으로 동물을 무리하게 보내지 않는다는 내용을 담은 동물 반입·반출 가이드라인을 만들기로 했다. 서울대공원은 가이드라인이 시행되면 이번 침팬지 반출을 포함, 2019년 국제적 멸종위기종 알락꼬리원숭이를 체험동물원으로 보내는 사태의 재발을 막을 수 있다고 강조했다. 하지만 광복이와 관순이는 서울대공원-국내 동물매매 거래업체-현지 동물매매 거래업체-현지 동물원 등 다자간 이뤄진 계약이라 파기하기 어렵다는 입장이었다.

서울대공원은 광복이와 관순이의 반출을 중단하는 대신 "광복이, 관순이가 열악한 환경에서 지내며 성(性) 성숙 등으로 정신적 스트레스가 심해 이들의 복지를 위해서라도, 또 침팬지 종 보전과 복지를 위해 다른 침팬지 마을로 '시집, 장가'를 보내야 한다"고 주장했다.

이 주장은 설득력이 없었다. 서울대공원은 스스로 그동안 이들을 방치해온 걸 인정했다. 2019년 5월 반출이 결정된 후 서울대공원은 이들을 위한 시설 개선에 노력하지 않았다. 유인원관 관리 계획, 긍정강화 훈련 대상에도 이들은 제외되어 있었다. 그러면서 환경이 열악해 보낸다는 건 앞뒤가 맞지 않았다. 또 광복이가 성 성숙이 온 이후 정신적 스트레스가 심하다고 했는데 이 역시 중성화 수술로 해결할 수 있는 문제라는 게 전문가들의 지적이었다.

광복이, 관순이의 사연이 알려지면서 시민들은 대공원 앞으로 모였다. 시민과 동물단체들은 인도네시아 타만 사파리가 동물을 쇼와 체험에 동원하는 곳이며 반출 이후 침팬지의 재반출 가능성과 번식한 개체들의 쇼 동원 여부를 근거로 반출을 반대했다. 시민들은 폭염에도, 빗속에서도 매주 집회를 열었다.

비난 여론이 거세지자 서울대공원은 그제서야 백기를 들었다. 서울대공원은 2022년 8월 광복이와 관순이의 반출 계약을 맺은 동물 중개상이 동물을 인수하기로 한 인도네시아 현지 검역 문제와 국내 비판 여론을 이유로 계약 철회를 요청해 왔다며 두 침팬지의 반출을 없던 일로 했다. 서울대공원의 자발적 철회는 아니었지만 그럼에도 반출 계획 무산은 의미가 컸다. 그야말로 달걀로 바위 치기가 성공한 것이다. 시민들, 동물단체, 그리고 지속적인 보도가 이뤄낸 값진 성과였다.

이제 동물에게 쇼를 시키고, 번식에 동원하면서 동물을 눈요깃거리로 전락시키는 시대는 지났다. 관람객들도 이를 원하지 않는다. 서울대공원을 포함한 동물원들은 동물이 필요 없어졌다고 '유기'하듯 다른 곳으로 보내서는 안 된다. 나아가 공간에 맞게 개체 수를 조절하면서 남아 있는 동물을 위한 복지를 높이고, 종 보전과 교육 역할을 제대로 하는 데 주력해야 한다.

남방큰돌고래 '비봉이'의 행방불명

2022년 10월 16일 오전 9시 40분쯤. 제주 서귀포시 대정읍 인근 앞바다에 설치된 가두리에서 48일간의 짧은 적응 훈련을 마친 남방큰돌고래 '비봉이'가 방류됐다. 국내 수족관에 남은 마지막 돌고래였던 비봉이는 북쪽으로 향하는 모습을 끝으로 2023년 5월 기준 지금까지 모습을 드러내지 않고 있다. 일각에서는 비봉이가 살아 있을 가능성이 있다고 주장하지만 돌고래를 연구해온 대부분 국내외 전문가들은 그럴 가능성이 희박하다고 보고 있다. 비봉이가 살아 있다면 방류에 성공한 다른 돌고래처럼 적어도 한 번은 목격됐어야 하기 때문이다.

비봉이 방류는 결과에 관계없이 첫 단추부터 잘못 끼워졌다. 기존 방류에 성공했던 사례보다는 2017년 방류했다 지금까지도 발견되지 않은 금등, 대포 사례와 유사한 점이 많았다. 방류에 성공하기 위한 조건들, 즉 원서식지에, 젊고 건강한 개체를, 가능한 한 짝을 지어 방류한다는 점을 충족시키지 못했기 때문이다. 비봉이의 추정 나이는 20~23세로, 젊다고 하기에는 무리가 있고, 어릴 때(3~6세) 잡힌 데다 수족관 생활(17년)이 길었다. 더욱이 금등과 대포 때와 달리 단독으로 방류해야 하는 상황은 성공을 저해하는 요인이었다.

그럼에도 방류 협의체(해양수산부, 제주도, 호반호텔앤리조트, 핫핑크돌핀스, 제주대)는 방류만을 밀어붙였다. 모두 각기 다른 이유로 방류에 찬성했던 이들이다. 비봉이 방류를 결정하는 과정에서 방류에 신중하자는 의견 자체가 배제되면서 신중 의견을 냈던 동물보호단체 동물자유연대는 협의체에서 빠져야 했다.

방류 이전 마련했어야 할 재포획 방안은 방류 이후에도 결정하지 못했고, 해수부는 방안을 발표하겠다 했지만 이마저도 지키지 못했다. 재포획 이후 이송할 수족관도 없었다. 그들이 참고했다는 2013년 발간된 제돌이 야생방류 관련 최종보고서는 세계적 해양포유류학자 나오미 로즈 박사와 돌고래 활동가 릭 오베리가 제시한 방류 실패 시 회수·관리 방안의 이론적, 원칙적인 내용에 그쳐 있다.

방류 과정에서의 문제도 심각했다. 먼저 태풍이었다. 그동안 돌고래가 방류된 시기를 보면 대부분 7월이었다. 보통 제주에는 태풍이 8월 말부터 9월에 걸쳐 오기 때문에 이 시기보다 앞서 방류를 해왔다. 가두리가 파손되거나 그물이 엉킬 위험이 있어 가두리 속 돌고래가 위험에 처해질 수 있어서였다.

하지만 비봉이는 8월 4일에서야 서귀포시 돌고래체험시설 퍼시픽리솜(옛 퍼시픽랜드)에서 가두리로 옮겨졌다. 태풍이 오는 시기는 훈련을 시작한 지 한 달에서 한 달 반가량이 지난 시점으로 예상됐고, 이는 수족관 생활이 긴 비봉이에게 충분치 않은 시간이었다. 실제 태풍 '힌남노'가 닥치면서 약 한 달 만인 31일 다시 수족관으로 이송

되게 된다. 짧은 기간 수족관→가두리→수족관
의 생활을 거친 비봉이가 큰 스트레스를 받았음
은 분명하다. 태풍이 오는 시기를 알았음에도 8
월 초에 가두리로 보낸 것 자체가 잘못된 판단이
었다. 175kg 나가던 비봉이의 몸무게는 1차 가두
리에 있는 동안 30kg 가까이 줄었다. 체중이 줄었
다는 건 방류 성공 가능성에 좋지 않은 신호였다.

이후 9월 27일 비봉이는 다시 가두리로 옮겨
졌다. 수족관에서 다시 10kg 정도 찐 상태였다고
했다. 가두리로 옮겨진 뒤에도 비봉이는 방류에
적합한 상태가 아니었다. 살이 빠진 것도 그랬지
만 협의체도 인정했다시피 비봉이는 사람에 대한
의존성이 컸다. 17년을 사람과 함께 살아왔는데
한두 달 만에 사람에 대한 의존성을 낮추기 어려
운 건 당연한 일일 것이다.

방류를 결정할 때도 비봉이를 위한 결정은 없
었다. 협의체는 비봉이 중심의 스케줄을 짜겠다
고 했지만 실제론 달랐다. 해수부는 방류 당일 새
벽 비봉이가 지내던 가두리를 야생 돌고래 무리
가 서식하는 쪽으로 옮겼고, 오전에 바로 방류했
다. 해수부 관계자는 "관광선이 지나가는 시간을

피하기 위해서"라고 설명했다. 한 생명을 바다로 방류하는 것인데, 최선을 다했다는 시점이 관광선을 막은 것도 아니고, 고작 관광선이 다니는 시간 이전으로 결정했다는 것은 납득하기 어렵다.

방류 협의체는 방류 전과 방류 당시 비봉이가 자유를 찾았다며 홍보하기에 여념이 없었다. 하지만 등지느러미에 단 위치추적장치(GPS)는 단 한 번도 수신되지 않았고, 비봉이의 모습은 온데간데 없이 찾기 어려운 상황이다.

방류 이후 정부와 협의체의 반응도 참담한 수준이다. 일단 눈에 보여야 재포획이라도 할 텐데, 우린 그럴 기회마저 잃었다. 해수부 장관까지 나와 고래를 다룬 인기 드라마 〈이상한 변호사 우영우〉를 들먹이며 방류를 홍보하더니 정작 비봉이가 자취를 감추자 정부나 협의체는 어떤 공식 반응도 내놓지 않았다. 언론의 질의에는 "제주 연안 지역에 살고 있지만 발견되지 않고 있거나, 외해 지역으로 이동했을 가능성이 있다"는 주장만 되풀이하며 사체가 발견되지 않았다는 이유로 폐사는 아니라고 답했다. 또 방류 전부터 비봉이가 발견되지 않을 가능성 자체를 아예 염두에 두지 않았다고도 했다.

사체가 발견되지 않았다고 해서 비봉이가 살아 있다고 낙관하기 어렵다는 전문가들의 주장에 해수부와 협의체는 귀를 닫고 있다. 세계적 해양포유류학자 나오미 로즈는 이메일 인터뷰에서 "비봉이뿐만 아니라 (2017년 방류됐다 지금까지 실종된) 금등, 대포 역시 발견되지 않는데 살아 있다고 가정하는 것은 비논리적"이라며 "이들이 살아 있다면 적어도 한 번은 목격돼야 한다"고 밝힌 바 있다. 실제 2013년 방류한 제돌이는 각각 방류 2시간 후와 7일 만에 발견됐고, 2015년 방류된 태산이와 복순이도 9일 만에 무리에 합류한 게 확인된 바 있다.

죽었으면 사체가 떠올랐을 것이라는 주장에 대해서도 나오미 로즈는 "죽은 고래는 처음에는 가라앉는다. 깊이 가라앉았다면 아예 수면으로 떠오르지 않고, 깊이 가라앉지 않았다면 배에 가스가 차면서 잠시 수면 위로 올라올 수 있지만 결국 다시 가라앉는다"고 했다. 비봉이가 죽어도 사체가 연안으로 떠밀려 올 가능성이 낮다는 것이다.

실제 모든 고래 사체가 다 해안으로 떠밀려 온다면 해안은 고래 사체로 뒤덮일 것이다. 비봉이 방류에 앞장선 해수부와 협의체는 여전히 사체가 발견되지 않았다는 이유만으로 살아 있다고 가정하면서 정작 시민과 동물단체, 언론이 요구하는 방류 기준이나 방류 과정에 대해선 함구하고 있다.

그럼에도 비봉이가 하루를 살아도 바다에서 살면 좋은 것 아니냐고 물을 수 있다. 비봉이는 17년간 사람과의 생활에 길들여졌고, 또 사람을 잘 따랐다. 그런 비봉이를 갑자기 사람과 만나지 못하게 했고 겨우 한 달 남짓한 기간 동안 가두리에서 생먹이만 주다가 망망대해로 내보냈다. 비봉이는 극도의 두려움을 느끼지 않았을까.

물론 야생에서 잘살고 있는 돌고래를 잡아온 것부터가 문제다. 돌고래를 수족관에 평생 가두는 건 사람에게 평생 침대에서 살라는 것과 같다는 비유를 들은 적이 있다. 그렇다고 이미 수족관에 길들여진 돌고래를 어떤 기준이나 준비도 없이 방류하는 건 고래에게 자유를 주는 게 아니라 유기하는 것이다. 이는 2017년 금등, 대포 그리고

서울대공원 마지막 큰돌고래 '태지'가 서울대공원을 떠나기 전 모습.

2022년 비봉이 사례를 통해 확실히 알 수 있다. 이미 사람이 사는 세상에 들어온 동물에게는 어떤 게 최선의 방안인지 깊이 고민해보고, 끝까지 책임지는 게 필요하다. 방류를 주장해온 이들에게 도대체 누구를 위한 방류였는지 묻고 싶다. 백 번 양보해서 방류를 결정했다 해도 적어도 그렇게 서두를 필요는 없었다.

해수부와 협의체는 방류를 결정했던 기준과 평가 지표, 부적응 시 계획, 모니터링 상황 및 결과 등을 담은 자료를 구체적으로 공개하고, 방류 분석 결과를 내놓아야 한다.

이 글을 쓰면서도 평생 사람에게 이용당하고, 죽음까지도 사람의 이기심에 희생된 비봉이에게 너무 미안하다. 비봉이의 죽음이 헛되지 않도록, 앞으로 유사한 결정을 해야 할 때 이러한 잘못을 반복하지 않도록, 비봉이의 방류는 철저한 검증이 필요하다.

길고양이요? 동네고양이입니다

'언어가 사고를 지배한다'는 말이 있다. 미국의 언어학자 에드워드 사피어와 제자 벤자민 리워프는 '언어는 확실히 사고를 지배한다'는 주장을 했다고 한다. 워프는 "우리는 우리 모국어가 그어놓은 선에 따라 자연세계를 분단한다"고 이야기한다. 예를 들면 에스키모의 언어인 이누이트어에는 눈을 표현하는 단어가 400개나 있어 에스키모가 훨씬 섬세하게 눈을 구분할 수 있다는 것이다. 언어가 의식을, 사고와 세계관을 결정한다는 이 견해는 사피어-워프 가설 또는 언어결정론이라 불린다.

위 이론이 맞든 맞지 않든 언어가 가진 힘은 있다고 본다. 언어가 갖는 긍정 또는 부정적 의미가 지칭하는 생물 또는 사물을 볼 때 영향을 미칠 수 있어서다. 그러기에 명절 때만 되면 성차별적 호칭에 대한 이야기가 나오고 정부와 국립국어원, 여성민우회 등은 성차별적 호칭 개선을 위한 캠페인을 펼친다.

동물 얘기로 돌아와 보자. 가장 먼저 우리가 일상적으로 사용하는 '개'라는 표현을 생각해보면 부정적 의미로 사용되는 경우가 많다. 개가 알면 억울할 일이다. 정치권에서 양두구육(羊頭狗肉), 개고기라는 표현이 등장한 것을 계기로 실제 '개'라는 표현의 어원을 찾아본 적이 있다.

개를 사용한 부정적 표현들은 대부분 멍멍이, 도그(dog)가 아닌 게 대부분이다. 먼저 언론과 방송에도 몇 차례 소개된 적 있는 '개판 5분 전'을 꼽을 수 있다. 난장판 되기 직전의 상황을 떠올리게 하는 이 말의 어원은 몇 가지 설이 있다. 6·25 전쟁 때 정부가 피란민에게 무료 배식을 위한 솥뚜껑을 열기 5분 전 '개판(開版) 5분 전'을 외쳤고, 굶주린 사람들이 몰려들었다는 것이다. 이때 개판은 뚜껑을 연다는 의미다.

씨름에서 승부가 나지 않을 때 심판이 경기를 다시 하라는 개판(改-)에서 나왔다는 설도 있다. 재경기 전 선수뿐 아니라 응원객도 옥신각신하면서 무질서한 상황을 떠올리게 한다.

접사 '개'를 사용하는 단어도 마찬가지다. 개꿀, 개떡에서의 개는 '야생 상태의' 또는 '질이 떨어지는'을, 개꿈, 개수작에서는 '헛된', '쓸데없는'을, 개망나니, 개잡놈에서는 '정도가 심한'을 뜻한다.

개가 멍멍이를 뜻하는 경우도 있다. 비속어인 개새끼는 개의 새끼, 강아지에서 뜻이 바뀌어 사용되고 있다. 16세기 문헌에는 명사 '개'와 '삿기'가 결합한 '개삿기'가 등장하며 17세기에는 개의 옛말인 '가히'와 명사 '삿기'가 결합한 '가희삿기'도 찾아볼 수 있다. 하지만 이는 강아지를 뜻하는 것이지 문맥상 남을 욕하는 뜻으로 쓰인 게 아니다. 시대가 변하면서 뜻이 변질된 것으로 보인다.

정치권에서 사용된 양두구육은 '양머리를 내걸어 놓고 실제로는 개고기를 판다'라는 뜻으로, 겉은 번지르르하나 속은 변변치 않다는 뜻이다.

양은 그럴싸한 동물, 개고기는 변변치 않은 것을 의미한다.

정치권에서의 논쟁과 별도로 반려인뿐 아니라 시민들 사이에선 변변치 않은 것을 굳이 개고기로 표현한 것이 불편하다는 시각이 있다. 반려동물을 기르는 인구가 1,500만 명에 달하고, 정부가 사회적 논의기구까지 만들어 개 도살과 개 식용 금지를 추진하고 있는 시대와 맞지 않다는 거다. 이상돈 중앙대 명예교수도 "양두구육이란 표현은 개고기가 당연하다는 의미를 은연중 전파하는 효과가 있어 주의해야 한다"고 지적하기도 했다.

최근 접사 '개'를 이용해 만들어진 신조어들은 표준어는 아니지만 긍정적으로 사용되고 있는 점이 눈에 띈다. 개꿀은 벌집에 들어 있는 상태의 꿀이 사전적 의미인데, 시대가 변하면서 별다른 노력 없이 예기치 않게 큰 이득을 얻었을 때의 의미로 더 자주 사용되고 있다. '개좋아', '개웃기다'라는 말도 '정도가 심한'을 뜻하는 '개-'를 확장해서 쓴 것으로 보인다. 하지만 이때 '개'는 부정적 뜻을 갖는 일부 명사 앞에 붙어 써야 하므로 표준어가 될 수 없다. 국립국어원은 '아주 좋아', '굉장히

웃기다'라는 표현으로 바꿔 쓰길 권한다.

개만 억울할까. 못지않게 억울한 동물은 고양이, 또 동네고양이를 돌보는 이들일 것이다. 먼저 고양이는 예전에는 도둑고양이라고 불렸다. 뭘딱히 훔쳐 간 것도 아닌데 부정적 이미지를 갖게하는 것이다.

2000년대 중반 들어 길에서 사는 길고양이라는 단어로 바꿔 부르기 시작했고, 이제 대부분의언론에서도 길고양이를 사용한다. 고양이 단어를검색하면서 관련 단체가 고양이를 위해 나선 것도알게 됐다. 서대문구 길고양이 동행본부(서동행)는2020년 도둑고양이로 남아 있던 길고양이에 대한번역을 수정 요청해 정정했다고 한다. 이들은 국내 사전 출판사 6곳에 연락해 도둑고양이로 번역된 영어 표현들을 수정했다. 해당 표현들은 도둑(Thief)과는 연관성이 없는 'Stray cat'(떠돌이고양이), 'Alley cat'(골목고양이), 'Feral cat'(방랑고양이), 'Wild cat'(야생고양이)인데 모두 뜻이 도둑고양이로 표기되어 있었다고 한다. 네이버, 다음 등 포털사이트사전에서 도둑고양이로 검색됐던 이 표현들은 현재 길고양이 혹은 야생고양이로 대체됐다.

당시 국립국어원 표준국어대사전에는 도둑고양이가 '사람이 기르거나 돌보지 않는 고양이'란 뜻으로 등재되어 있는 반면 길고양이라는 단어는 누락되어 있다며 아쉬움을 전하기도 했다. 2023년 1월 다시 검색해보니 도둑고양이는 '몰래 음식을 훔쳐 먹는 고양이라는 뜻으로, '길고양이'를 낮잡아 이르는 말'로 되어 있었고 길고양이는 '주택가 따위에서 주인 없이 자생적으로 살아가는 고양이'라고 등재되어 있었다. 그사이 길고양이 단어가 반영된 것이다.

길고양이에서 더 나아가 이제는 동네에서 함께 사는 존재를 강조한 동네고양이로 부르는 이들도 늘고 있다. 길고양이 하면 사람과 관계없이 길에서 살아가는 고양이 느낌을 주지만 동네고양이는 사람과 가까운, 더 친근한 느낌을 주는 게 사실이다. 눈치챘을지 모르겠지만 이 책에는 동네고양이라는 표현만을 썼다.

동네고양이를 돌보는 '캣맘'이라는 단어 역시 마찬가지다. 캣맘이라는 단어 자체는 부정적 의미가 없지만 동네고양이, 또 이들을 돌보는 사람들에 대한 혐오가 커졌고 온라인에서 주로 이뤄지던

혐오가 이들을 노리는 범죄로까지 이어지고 있는 게 현실이다. 캣맘, 캣대디가 부정적인 이미지를 갖게 되자 동물단체들은 해외에서 사용되는 단어인 '케어테이커'라고 부르기 시작했고 이제는 케어테이커라는 용어도 점차 자리 잡아가고 있다.

마지막으로 '물살이' 이야기를 빼놓을 수 없겠다. 이 이야기를 처음 듣는 사람들의 반응은 동의하든 그렇지 않든 대체로 신선하다가 많았다. 황당하게 들릴 수 있지만 논리적이기 때문일지도 모른다.

왜 소, 돼지, 닭을 부를 때는 '고기'라는 단어가 붙지 않는데 유독 어류만 물고기라고 부를까. 생선을 검색해보니 '먹기 위해 잡은 신선한 물고기'라고 나온다. 동물단체는 물속에 살고 있는 수중동물들을 왜 '고기'라고 부르며 식용의 대상으로만 보아왔는지에 대한 문제를 제기하며 '물고기'가 아닌 '물살이'라는 말을 쓰자고 제안했다.

너무 나간 이야기라고, 지나치다고 생각하는 이들이 있을 것이다. 하지만 언어가 가진 힘은 분명하다. 사실 일상 생활에서 이를 생각하며 지키기는 쉽지 않았다. '개'라는 단어를 생각보다 많

이 사용하고 있었다. 하지만 의식하는 것만으로
도, 또 이런 생각을 다른 이들에게 공유함으로써
한 번쯤 우리가 사용하고 있는 단어에 대해 생각
해볼 기회가 되면 좋겠다.

정치에 이용되는 동물들

2016년 4월 20대 국회의원 선거 당시 각 정당에 동물 공약을 묻는 질의를 보낸 적이 있다. 당시만 해도 주변에선 "동물 공약이 있겠냐"는 반응이 많았다. 하지만 5개 당 모두 정도의 차이는 있지만 동물보호 관련 정책을 마련하고 답변을 해 왔다.

그로부터 1년 뒤인 2017년 5월 19대 대통령 선거 때도 주요 대선 후보 5명에게 동물 공약에 대한 질의를 보냈다. 1년 전 총선 때보다 동물의 법적 지위 향상이나 개 식용 금지에 대한 적극적인 답변이 많았다. 당시 제1야당 후보였던 문재인 전 대통령이 곤히 잠든 유기견 '앨리스'를 품에 안은 사진이 화제가 되면서 '마약 방석'이라는 별명을 얻기도 했고, 당선된 후에는 유기견 '토리'를 입양하면서 유기견 출신 첫 '퍼스트 도그'가 탄생하기도 했다.

2020년 3월 21대 국회의원 선거는 이전과 완전히 달라졌다. 각 정당들은 앞다퉈 동물 공약 발표에 나섰다. 당시 야당이었던 미래통합당이 일찌감치 반려동물 5대 공약을 내놓은 데 이어 여당이었던 더불어민주당과 정의당도 잇따라 동물복지 공약을 발표했다.

2022년 20대 대통령 선거 때는 17개 동물단체로 구성된 동물권대선대응연대가 대선후보에 '동물복지 5대 과제, 18개 세부과제'를 제안하고 받은 정책질의서 답변 내용을 공개했다. 이재명 당시 더불어민주당 대선후보와 심상정 정의당 후보가 "개 식용 산업의 조속한 종식 방안을 마련하겠다"는 입장을 밝힌 반면 국민의힘 후보였던 윤석열 대통령은 개 식용 종식은 사회적 합의가 전제되어야 한다고 답했다.

지금까지 사람 이슈에 밀려 동물 이슈가 주요

공약에 포함된 적이 없었기에 처음에는 각 정당이 동물 공약을 내놓는 것만으로도 반가웠다. 이렇게 주요 공약에 동물 이슈가 포함된 것은 반려동물을 기르거나 동물 이슈에 관심이 있는 유권자들이 늘었기 때문이다.

하지만 이제 동물 공약을 내놓기만 해도 의미를 부여하는 시대는 지났다. 내용을 따져보면 대부분 농장동물, 전시동물, 실험동물 등 동물에 대한 내용이 아니라 반려동물에 치우쳐 있는 게 현실이다. 2020년 21대 총선 때도 동물단체들은 '사람-동물-환경' 모두가 건강하게 공존할 수 있는 올바른 관계 설정을 위한 내용 대신 반려인들의 표심 잡기에만 초점이 맞춰져 있다고 지적한 바 있다.

2022년 6월에 열린 제8회 전국동시지방선거의 경우 17개 광역지방자치단체장 후보 55명 가운데 32명(58.2%)만이 동물복지 공약을 제시한 것으로 나타나기도 했다. 제시된 동물복지 공약 역시 반려동물에 한정돼 있었다. 농장동물 또는 전시동물 공약을 제시한 후보는 단 15명에 불과했다. 실험동물을 언급한 것은 이정미 당시 정의당

인천시장 후보가 유일했다. 대선 당시 윤석열 대통령의 동물 공약 역시 반려동물 치료비 경감, 서비스 산업 육성, 강아지 공장 철폐, 개물림 등 안전사고 예방조치 강화로 모두 반려동물에만 집중돼 있었다.

그렇다면 동물 공약은 제대로 지켜지고 있을까. 문재인 전 대통령의 대선공약 체크 사이트인 문재인미터에 나온 동물 공약 이행률을 보면 8개 공약 가운데 완료된 것은 반려동물 보호자 부담 완화를 위한 진료체계 개선, 반려동물지원센터 건립 및 행동교정 전문인력 육성, 동물실험 규제 강화 및 대체기술 지원으로 3건에 불과했다. 나머지 유기동물 재입양 활성화 추진, 보편적 동물복지 축산 기준 마련, 동물복지 축산농장 활성화 지원, 학교과정 또는 방과후학교 프로그램에 동물보호 교육 강화, 중앙정부 및 지방자치단체에 동물보호 전담기구 설치는 파기됐다.

동물 관련 공약 내용이 반려동물에 한정되어 있다는 건 여전히 한계다. 또 그나마 내놓은 공약도 제대로 지켜지지 않고 있다. 시민들은 동물 공약을 냈다고만 좋아할 게 아니라 어떤 내용인지

꼼꼼히 따져보고, 또 후보나 정당이 제대로 공약을 이행하는지 점검해야 한다.

동물이 정치에 이용되는 경우는 또 있다. 국가 원수 간 동물을 선물로 주고받는 관행이 대표적이다. 2000년 남북정상회담 당시 김대중 대통령은 김정일 국방위원장으로부터 풍산개 '우리'와 '두리', 두 마리를 받았는데 그해 11월부터 서울대공원에 위탁해 관리하다 자연사했다고 한다. 사람과 함께 교감하며 살아야 하는 개들이 동물원 전시동물로 살아야 했던 것이다. 이명박 전 대통령도 서울시장 재임 시절 진도군으로부터 진돗개를 받아 일부는 일반인에게 분양하고, 일부는 서울대공원에 보낸 것으로 알려져 있다. 문재인 전 대통령은 퇴임 이후에도 김정은 북한 국무위원장으로부터 받은 풍산개 '곰이'와 '송강'을 기르다 다시 국가에 반환하면서 논란이 일기도 했다. 선물받은 동물은 대통령기록물로 취급돼왔다. 모두 살아 있는 생명을 물건처럼 선물로 주고받은 결과로, 이 같은 관행은 동물복지의 심각한 훼손으로 이어지고 있어 개선이 시급하다.

아쉬운 사례도 있다. 각 동물단체들이 20대

대선 후보에 유기견들의 사연을 소개하면서 유기견 입양 약속을 받아낸 것이다. 유기견을 '퍼스트 도그'로 입양하자는 취지에는 적극 공감한다. 하지만 개를 좋아해야만 대통령이 될 수 있는 것도 아니고, 또 입양 시에는 각자의 상황이나 생활패턴에 맞춰 신중하게 결정해야 함에도 애절한 사연을 가졌다는 이유만으로 동물단체들이 추천한 개들 가운데 입양한다는 약속을 받아냈다. 당시 문재인 대통령이 당선되면서 검은색 털의 개 '토리'를 입양했지만 원래 기르던 고양이 '마루'와 잘 지내지 못했고 둘을 떼어놓는 과정에서 토리가 마당에서 목줄에 묶여 지내는 사진이 공개되면서 비판을 받기도 했다.

동물들의 목소리를 대변하는 동물당이 국내에서 가능할까. 2019년 5월 유럽연합(EU) 28개국에서 실시된 유럽의회 선거에서는 동물당들의 활약이 뜨거웠다고 한다. 당시 네덜란드, 벨기에, 프랑스, 독일, 핀란드, 스웨덴, 스페인, 포르투갈, 이탈리아 등에 있는 11개 동물당은 벨기에 브뤼셀에 모여 공동 선언문을 발표했는데, "강자의 힘으로부터 가장 약한 자들의 이익을 보호한다"는 기본 원칙을 공유하면서 인간과 동물의 이익을 동등하게 대해야 한다고 주장했다. 또 유럽의회 내 동물을 위한 정치적 힘은 동물의 권리와 지속가능한 미래를 위한 발걸음이 될 것이라고 했다.

실제 네덜란드 동물당(PvdD)은 유럽의회 내 3석을 확보했고, 포르투갈의 사람-동물-자연당(PAN)과 독일의 동물보호당(Tierschutzpartei)도 각각 1석씩을 얻었다. 지금 전 세계에 동물당은 유럽 국가들 외에도 미국, 브라질, 캐나다, 튀르키예 등에 있다고 한다. 2020년 총선 당시 국내에서도 동물당 필요성이 대두되면서 주목받았지만 아직 실현되지는 못했다.

해외 동물당은 동물복지가 지속가능한 경제·복지 정책, 안전한 환경과 먹거리 보장 등 다양한 의제와 맞물려 있다고 보고 여러 분야에서 활동하고 있다. 초기에는 의원을 배출하기도 했지만 지금은 다른 당과 의회의 결정에 영향을 미치는 데 의의를 두고 있다고 한다. 우리나라에서도 약자의 입장을 제대로 대변하는 동물당이 탄생하는 날이 오길 기대한다.

나가며
기자 하길 잘했다

    기자를 꿈꾸는 사람들은 여전히 많지만 기자라는 직업 자체는 예전보다 선호되지 않는 것 같다. 기자와 쓰레기를 합친 '기레기'라는 단어가 일상 생활에서 자연스럽게 사용되고 있다. 일본에서도 매스컴의 일본식 표현인 마스코미와 쓰레기를 뜻한 고미가 합쳐진 '마스고미'라는 단어가 있다고 하니 이는 비단 우리나라만의 현상은 아닌 것 같다.

    기자를 부정적으로 바라보는 시각을 이해하지 못하는 건 아니다. 독자를 끌어들이기 위해 선정적이고 비도덕적인 기사들을 과도하게 취재, 보도하는 경향을 뜻하는 황색 저널리즘은 온라인과 SNS를 타고 더 극대화되고 있다. 같은 내용의 기사가 우르르 쏟아져 나오는 가운데 독자들의 선택을 받기 위해 조금이라도 자극적인 제목과 사진, 영상을 담는 경우를 쉽게 찾아볼 수 있다.

객관적이라는 명목하에 취재원, 출입처의 입장을 그대로 대변하는 기사들도 눈에 띈다. 2023년 봄 논란이 됐던 마라도 고양이 반출 논란 때 이 문제를 절실히 느꼈다. 문화재청이나 제주도가 보도자료를 내면 모든 언론이 이를 여과 없이 보도하고, 정부와 다른 입장을 가진 동물단체가 보도자료를 내면 또 해당 기사가 온라인에 대거 올라왔다. 이후에는 두 입장을 합쳐 정부와 동물단체의 주장을 각각 나열한 기사들이 등장했다.

이 외에 아예 SNS나 커뮤니티에 올라온 글들을 확인절차를 거치지 않고 그대로 베껴 전달하는 기사도 많은 시대다.

기사는 정확한 정보와 사실을 전달하고 판단은 독자가 내린다. 하지만 보도자료를 그대로 나열한다면 언론의 존재 이유가 있을까. 적어도 양측의 주장이 어떤 부분에서 왜 다른지, 각각의 주장에서 팩트가 다른 부분은 없는지를 체크해야 한다. 더 나아가 발생한 사건에 대한 분석뿐 아니라 숨겨져 있는 내용을 발굴해 보도하는 것도 기자의 역할이다.

나는 취재를 통해 문화재청이 협의체를 만들어 놓고도 합의하지 않고 고양이를 반출한 점을 지적하는 기사를 썼다. 이에 문화재청은 틀린 부분은 없으니 정정보도를 요청하는 대신 자신들의 입장을 담은 설명 자료를 냈다. 하지만 왜 이러한 설명 자료가 나왔는지 관심을 갖고 후속 보도를 한 언론은 아쉽게도 없었다.

요즘은 1인 미디어 시대라고 한다. 예전에는 뉴스나 정보를 종이신문, TV 등 한정된 매체에 의존해서 얻을 수 있었다면 이제는 SNS나 유튜브 등이 대중화되면서 모두가 각자의 매체를 갖고 있는 시대가 됐다. 오히려 기자보다 구독자 수가 많은 유튜버나 블로거, 인플루언서도 많다. 그러나 기자가 이들과 다른 점은 자신의 의견이나 생각, 추측이 아닌 취재를 통해 검증된 뉴스를 제공한다는 것이다. 보도에는 책임이 따른다. 여전히 기자가 일반 시민보다는 정보원이나 취재원에 쉽게 접근할 수 있는 것은 분명하다.

기자가 되고 싶어 하는 예비 언론인이나 갓 기자가 된 이들에게 기자가 되고 싶은 또는 된 이유를 물으면 사회 현상을 전달하고, 문제점을 보도해 사회를 조금이라도 바꾸고 싶다는 답변을 종종 듣는다. 반면 나는 큰 뜻이 있었던 건 아니고 그냥 멋있어 보여서 선택했다.

어릴 때 아버지가 매일 종이신문을 정독하는 모습을 보고 자랐고, 그 영향이었는지 고등학교와 대학교 때도 신문 제작반에서 활동했다. 하지만 이때까지만 해도 직업을 기자로 택할 생각은 없었다. 아버지는 내가 안정적인 직업으로 꼽히는 교사가 되길 바랐기 때문에 대학에서 영문학을 전공하면서 교직이수를 했다. 열심히 임용고시를 준비했지만 첫해에 고배를 마셨는데, 내가 못해서가 아니라 경쟁을 통해 1점, 2점으로 갈리는 시험을 계속 보느니 그럴 바에야 언론사 시험을 보자고 마음 고쳐먹었다. 하지만 잘못된 선택이었다. 상식시험을 제대로 치르지 못했고 준비되지 않은 상태에서 본 면접에서도 줄줄이 떨어졌다. 수십 곳에서 낙방하던 중 운 좋게 경제지에 입사를 한 이후 금융과 유통 분야를 맡았다.

모르는 분야였지만 배워가면서 일하는 것이 재미있었다. 하지만 경제 분야를 주로 다루는 것에 한계를 느끼면서 종합지에서 일해보고 싶었다. 종합지에 꾸준히 지원을 했고 2010년 한국일보사에 들어오게 됐다.

처음부터 맡고 싶었던 분야가 딱히 있었던 것은 아니었다. 같은 분야를 맡더라도 독자층이 다르기 때문에 다른 기사를 쓸 수 있다고 생각했다. 입사 후에는 정작 해보지 않은 분야인 주말면을 담당하게 됐다. 꼼꼼하지 못하다는 지적을 받으며 취재방식에 기사 구성방식부터 문장 하나하나까지 새로 배워나갔다. 이후 국제, 산업 등을 거치면서 우연히 동물 분야를 쓰게 됐다.

기사를 통해 조금이라도 사회에 도움이 된다면 일을 하는 의미가 있다고 생각했지만 동물 분야를 맡고 난 뒤에는 이 생각이 더 확고해졌다. 언론은 사회적 약자를 대변해야 한다고 하는데, 동물은 사회적 약자 중 약자다. 하지만 전통 언론에서 동물을 제대로 다루는 곳이 없었다. 동물은 그저 귀엽거나 불쌍한 존재로만 그려졌다.

2015년 시작한 동물전문 버티컬 동그람이는 취재기자와 동물보호단체 출신 에디터, 인턴기자들의 아이디어가 더해지면서 자리를 잡아갔다. 또 다른 언론사들도 동물 뉴스에 주목하고 관련 팀을 만드는 경우가 늘었다. 수익으로 연결이 되지 않아서인지 팀들은 대부분 사라졌지만 언론사마다 동물 관련 코너는 유지되고 있다.

동물 뉴스를 통해 동물이 처한 어려움을 알리고, 또 새로운 사실들을 발굴해 보도함으로써 독자들이 동물 이슈를 생각할 기회를 갖는 데 조금이라도 도움이 되기를 바란다. 또 보도 이후 관련 내용이 법안 발의로 이어지거나 실제 정책이 바뀐 경우도 있다. 이처럼 눈에 띄는 변화가 아니더라도, 관련 보도가 정책과 동물을 바라보는 문화에 조금씩 긍정적 변화를 줄 수 있으면 좋겠다.

종종 예비 언론인이나 타사 후배들로부터 동물 기자가 되는 법에 대한 질문을 받는다. 하지만 매뉴얼은 없다. 더욱이 의사 출신 의학전문기자처럼 관련 전공을 하는 경우가 아니라면 처음부터 원하는 분야만을 담당하기는 어려운 게 현실이다. 보통은 담당하는 분야를 2~3년마다 바꾸는 경우가 많은데 시간이 지나면서 본인의 강점 분야를 찾아가는 방식이다. 이 때문에 언론사에 입사한다고 해서 동물 기자가 될 수 있다고 단정할 수는 없다. 하지만 꾸준히 관심을 갖고 준비하고 공부한다면 기회는 올 것이다.

동물이나 환경 분야에서 일하는 분들을 뵐 때 기사를 잘 보고 있다고 하면 으레 자신감이 생긴다. 의례적으로 하는 말일 수도 있지만 그래도 그런 얘기를 들으면 힘이 난다. 어떤 사안에 대해 내가 어떤 기사를 쓰는지, 어떤 의견을 갖고 있는지 궁금해한다는 얘기도 주변에서 들은 적이 있다. 이 역시 너무나 감사한 일이다.

독자들과의 소통도 한없이 소중하다. 예전에는 이메일로 소통하는 게 전부였지만 이제는 포털사이트 내 기자페이지에서도 의견을 들을 수 있고 또 SNS를 통해 더 많은 분들과 이야기를 나누고 공감할 수 있게 됐다. 분명한 건 할 수 있는 한 끝까지, 또 추후 다른 직업을 갖는다 해도 동물을 위한 일은 놓지 않을 것이다.

기자뿐 아니라 각자의 자리에서도 동물을 위

해 일할 수 있다는 점도 강조하고 싶다. 동물 관련 직업을 꿈꾸는 청소년이나 동물 직업에 관심 있는 독자를 대상으로 해당 분야의 인물을 소개하는 '동물과 함께하는 직업' 인터뷰 시리즈를 연재했는데, 꼭 수의사, 사육사처럼 동물과 직접 연관이 있는 직업이 아니더라도 영화감독, 변호사, 출판사 등 각자의 자리에서 동물을 위해 할 수 있는 일이 많다는 걸 더욱 느끼게 됐다. 직업과 관계없이 동물 관련 뉴스에 관심을 갖고 SNS에 공유하거나 입양 홍보, 자원봉사, 유기동물 임시보호 등을 통해 직접 동물에 도움이 되는 일을 할 수도 있다. 많은 사람들이 각자의 자리에서 동물을 위한 일을 한다면 동물들의 삶이 지금보다 조금은 나아질 수 있을 것으로 기대한다.

독자님들 앞으로도 잘 부탁드립니다.

추천사

우리 사회가 동물에 대한 인식이 점차 나아지고 있기는 하나 동물은 여전히 도구적 관점의 시선에서 다뤄지기 일쑤다. 그럴 때에 언론이 중심을 잡아나가는 것이 절실한데, 그 역할을 할 수 있는 오피니언에 대한 갈증이 절실했던 때에 고은경 기자는 동물권·동물복지의 측면에서 보도를 해온 대표적인 기자이다. 그래서 이 책에 대한 기대가 더 크다. 진정성 있는 글 속에서 많은 사람들이 동물의 처지를 한 번 더 생각하며 변화를 일으키는 책이 될 것으로 믿는다.

동물자유연대 대표 조희경

동물 이슈가 SNS에 오르내릴 때 다양한 매체의 기자와 방송 관계자들에게 연락을 받곤 한다. 기사나 방송 말미에 필요한 짧고 자극적인 멘트를 원하는 이들에게 어떤 문제의식으로 이 이슈에 접근하고 있는

지 되돌려 묻고는 실망에 빠질 때가 많다. 이렇게 소
비되어도 되는 문제였던가? 그러나 고은경 기자는
건전한 시각과 동물에 대한 애정을 가지고 이슈가
벌어지는 곳에서 동물과 함께한다. 그래서 이슈에
대해 함께 이야기를 나눌 수 있는 좋은 동료가 되어
주기까지 한다. 좋은 기자가 쓴 좋은 기사를 책을 통
해 만날 수 있는 즐거운 경험을 많은 사람들이 함께
하길 바래본다.

서울대학교 수의과대학 천명선 교수

확실하게 말할 수 있는 것은 이 책은 사람이 쓴 책이
아니다. 너무나 강아지 마음을 알고 있기 때문이다.

방송인 후지타 사유리

동물, 뉴스를 씁니다

초판 1쇄 발행 2023년 6월 9일
  2쇄 발행 2023년 11월 8일

지은이 고은경
펴낸이 강수걸
편집 이선화 강나래 신지은 오해은 이소영 김소원 이혜정
디자인 권문경 조은비
펴낸곳 산지니
등록 2005년 2월 7일 제333-3370000251002005000001호
주소 부산시 해운대구 수영강변대로 140 BCC 626호
전화 051-504-7070 | 팩스 051-507-7543
홈페이지 www.sanzinibook.com
전자우편 sanzini@sanzinibook.com
블로그 sanzinibook.tistory.com

ISBN   979-11-6861-146-7 02810

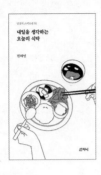

내일을 생각하는 오늘의 식탁

일상의 스펙트럼01

*조선일보/한국일보/경남도민일보 추천도서
전혜연 지음

자신의 삶을 만들어나가는 기준,
마크로비오틱

계절에 따라 다르게 채색되는 식탁 이야기, 입맛 돋우는 싱싱한 제철 재료 이야기, 전자레인지와 일회용품 없이 사는 고집스러운 삶에 관한 이야기, 저자가 들려주는 마크로비오틱한 삶이 즐겁다.

내가 선택한 일터,
싱가포르에서 일상의 스펙트럼02

*한국일보 추천도서 *2020 청소년 북토큰 선정도서
임효진 지음

해외취업에는 특별한 순간들이 있다

지난 6년간 저자가 경험한 싱가포르에서의 일과 삶이 솔직하게 담겨 있다. 취준생의 일상, 외국 회사의 시스템과 조직 문화, 매일 밥 먹듯 해야 하는 언어 공부, 집 구하기, 취미 활동, 연애 등 자신이 경험한 에피소드를 유머 있게 풀어낸다.

유방암이지만 비키니는 입고 싶어 일상의 스펙트럼03

*경향신문/국제신문/이데일리 추천도서

미스킴라일락 지음

4기 암 환자의 씩씩하고 엉뚱발랄한 일상

유방암 선고를 받은 저자가 항암 치료와 재발을 경험하면서 겪은 암 환자 버전의 일상을 담은 에세이다. 자신의 블로그에 당당히 암 환자라는 것을 알리고, 암 치료 과정을 무겁지 않고 발랄하게 담아낸다. 저자는 아프기 전에는 해 보지 못했던 일들을 시도하며 씩씩하게 제2의 인생을 살아가고 있다.

베를린 육아 1년 일상의 스펙트럼04

*조선일보 추천도서

남정미 지음

아이 키우기로 베를린의 삶을 경험하다

특파원으로 일하게 된 남편과 함께 1년 동안 독일에서 지낸 경험을 담은 베를린 육아 일기다. 저자는 독일 사회가 어떻게 아이를 키우고 대하는지 아이를 존중하는 태도가 배어 있는 독일의 육아법을 전한다. 1년 동안 여행만으로는 느낄 수 없는 그곳에서의 생활을 통해 매력적인 도시 베를린을 좀 더 깊숙이 만나본다.

블로거 R군의
슬기로운 크리에이터 생활

일상의 스펙트럼05

*2022 청소년 북토큰 선정도서

황홍선 지음

좋아하는 일을 설레면서 지속하는 힘

이 책은 취미가 콘텐츠가 되는 크리에이터 R군의 이야기를 통해 좋아하는 일을 지속 가능하게 하는 힘이 무엇인지 들려주고자 한다. 매일 새로운 크리에이터가 생겨나고 사라지는 무한경쟁 시대에, R군은 지치지 않고 오랫동안 콘텐츠를 만드는 이야기를 전한다.

어쩌다 보니 클래식 애호가,
내 이름은 페르마타 일상의 스펙트럼06

신동욱 지음

예비 선생님의 못 말리는
클래식 '덕질' 라이프

여행의 피로는 온천보다 클래식 공연으로 씻어내야 한다는 이 못 말리는 클래식 애호가의 여정은 클래식이 가지고 있는 무겁고 마이너하다는 편견을 '클래식 덕질'로 승화시켜 버린다. 그의 '덕질'을 따라가다 보면 어쩌면 나도 모르는 새에 클래식 애호가가 되어 있을지 모른다.

부산에서 예술을 합니다

일상의 스펙트럼07

임영아 지음

예술을 하려면 서울에 가야만 하나요?

부산에서 나고 자라 미술을 시작한 임영아 작가는 무언의 압박 속에 서울로 향하지만, 자신의 작품들 속에서 부산에 대한 그리움을 발견하고 결국 부산으로 돌아오겠다는 결단을 한다. '지역에서도 예술로 먹고살 수 있을까.' 이 질문에 작가의 용기 있는 한 걸음이 또 다른 선택의 가능성을 말해준다.

도서관으로 가출한 사서

일상의 스펙트럼08

*2022 대한출판문화협회 청소년 교양도서
김지우 지음

가출마저 도서관으로 했던 학생은 이제 도서관으로 '출근'합니다

저자가 지금부터 우리에게 들려줄 도서관 이야기는 절대 진부하지도 지루하지도 않다. 우리가 무의식중에 가지고 있던 그곳의 이미지와는 다른 도서관의 '지금'은 과연 어떤 모습일까?